小林秀雄の政治学

中野剛志

文春新書

1306

小林秀雄の政治学◎目次

第七章　日本

あとがき

序[1]

小林秀雄の政治学。

このタイトルを見て、訝《いぶか》しく思った人は多いだろう。小林秀雄と言えば、政治嫌いの文学者として知られているからだ。

確かに小林は、「政治と文学」において、「政治といふものは虫が好かない」（「政治と文学」〔昭和二十六年〕、第九巻Ｐ60）と吐露していた。それどころか、「私は長い事かゝつて政治への不信を育てて来た。格別な事を企図した訳ではない」（「感想」〔昭和二十六年〕、第九巻Ｐ146）とまで言っていた。

初期の作品である「Ｘへの手紙」には、すでにこう書かれている。「俺は人間の暴力を信ずるが物質の暴力を信じない。だから俺は政治の理論にも実践にもなんの積極的熱情を感じないのだ。俺はどんな党派の動員にも応じない。俺は人を断じて殺したくないし人から断じて殺されたくない。これが唯一つの俺の思想である」（「Ｘへの手紙」〔昭和七年〕、第二巻Ｐ98）。

１　本書において、小林秀雄の著作や対談を引用する「全集」は、『小林秀雄全集』（新潮社、１９６７～68年。第十三巻と別巻は１９７９年のもの）、である。なお、旧かなはそのままとし、旧字は新字に改めた。

ここまで言い切っている小林秀雄になお政治学を求めるのは、ローマ法王に軍事戦略を乞うような無理ではないか。そう思われるかもしれない。

しかし、実際に小林の全集を繰ってみると、意外にも、政治や社会についての言及が多いことに気づかされる。それも、かなり初期の段階からである。

例えば、小林の批評家としての出発点となった昭和四年の「様々なる意匠」について見てみよう。

そもそも「様々なる意匠」は、プロレタリア文学の全盛期に書かれたということもあって、マルクスについての言及が少なくない。小林は、昭和六年には「マルクスの悟達」なる随筆も著している。実は、亀井秀雄が明らかにしたように、若い頃の小林は、マルクスの『哲学の貧困』『経済学批判』『ドイツ・イデオロギー』を読み、深く理解していたのである。[2] このようにマルクスに高い関心を寄せ、深く理解していた小林が、政治について無関心であったとは思われないのである。

小林が批評家としての活動を開始した昭和初期という時代背景に目を転じてみよう。

昭和三年、第一回普通選挙が実施され、大衆民主化が始まった。そして、昭和四年の「様々なる意匠」の発表後、間もなくして、世界恐慌が起きた。その翌年には、昭和恐慌が起き、浜

2　亀井秀雄『小林秀雄論』（塙書房）、1972年、第一章。

口雄幸首相が狙撃され、翌々年には満洲事変が勃発した。それに、昭和七年の血盟団事件、五・一五事件と続き、昭和十一年には二・二六事件が起きている。

このように、日本の政治が大衆民主化すると同時に不安定化し、戦争への道へと転落していくのと並行して、小林の批評活動は始められ、進められたのである。この当時の危機的な政治情勢が、鋭敏な小林の批評にまったく影響しなかったとは考え難い。

また、小林は、昭和八年から同三十九年の長きにわたって、ドストエフスキーについて論じ続けたが、ドストエフスキーは、極めて政治色の強い作家である。

周知の通り、ドストエフスキーは、政治犯として官憲に逮捕され、死刑判決を受けるも恩赦によりシベリア流刑となったという経歴をもち、この時の経験を、後の作品に反映させたと言われている。また、ネチャーエフ事件（秘密結社を組織したセルゲイ・ネチャーエフが組織内の学生を殺害した事件）をモデルにして『悪霊』を書いてもいる。そういうドストエフスキーについて、小林は「久しい間、ドストエフスキイは、僕の殆《ほとん》ど唯一の思想の淵源であつた。恐らくは僕はこれを汲《く》み尽さない。汲んでゐるのではなく、掘つてゐるのだから」（「『ドストエフスキイの生活』のこと」（昭和十四年）、第五巻P226）とまで言っていた。

注目すべきは、小林がドストエフスキーの『作家の日記』を重視し、「ドストエフスキイの生活」の中の一章を当てていることである。江藤淳は「この章は『ドストエフスキイの生活』

中でも小林の主張がむき出しになつている部分で、そのために評伝としての均衡はかえつて大きく崩れているという感をおおいがたい」[3]と評している。評伝としての均衡を歪めてまで、小林が描き出そうとしたものとは何だったのか。それは他でもない、ドストエフスキーの政治論であった。

小林は、ドストエフスキーの『作家の日記』について、これは政治論文集であり、「文学者の政治に対する態度が、膨大な論集を通じ、一貫してまことに鮮やかに現れてゐる」（「政治と文学」〔昭和二十六年〕、第九巻P60－61）だけでなく、「ドストエフスキイといふ人間を知る上には、恐らく最適の、少くとも必須の作品」（「ドストエフスキイの生活」〔昭和十～十二年〕、第五巻P154）とみなしていた。要するに、ドストエフスキーという人間の本質は、彼の政治論にあると小林は見ていたということだ。

そのドストエフスキーが「殆ど唯一の思想の淵源」であったと言うからには、小林の思想に政治学が欠けていたはずがない。政治に対する深い理解がなければ、ドストエフスキーを掘るどころか、近づくことすらできないはずだからだ。

また、小林は、日華事変が勃発した昭和十二年には、「戦争について」を書いている。戦争とは、クラウゼヴィッツを引くまでもなく、政治の延長であるから、この随筆はれっきとした

3 江藤淳『小林秀雄』（講談社）、１９６５年P166。

政治論だと言ってよい。

日華事変は、次第に戦線が拡大して泥沼化し、昭和十三年には国家総動員法が公布されるなど、総力戦の様相を呈していった。昭和十四年に第二次世界大戦が始まり、昭和十六年には大東亜戦争（太平洋戦争）へと突入した。

こうした非常時の中で、小林は、戦争、政治あるいは歴史について、深く思索を巡らせた随筆を少なからず書き、昭和十七年の「近代の超克」座談会に参加し、文芸銃後運動にも協力していた。そうした随筆や講演を具体的に列記すると、次のようになる。

昭和十二年：「戦争について」「宣伝について」
昭和十三年：「現代日本の表現力」
昭和十四年：「満洲の印象」「クリスティ『奉天三十年』」「慶州」「事変と文学」「外交と予言」「神風といふ言葉について」「学者と官僚」「イデオロギイの問題」
昭和十五年：「アラン『大戦の思ひ出』」「欧洲大戦」「処世家の理論」「事変の新しさ」「ヒットラアの『我が闘争』」「マキアヴェリについて」「文学と自分」「『戦記』随想」
昭和十六年：「モオロア『フランス敗れたり』」「『歩け、歩け』」「沼田多稼蔵『日露陸戦新史』」

昭和十七年：「戦争と平和」「『ガリア戦記』」
昭和十八年：「ゼークトの『一軍人の思想』について」「文学者の提携について」

さらに昭和十七年発表の「無常といふ事」「平家物語」「西行」や、昭和十八年発表の「実朝」もまた、政治、戦争あるいは歴史に深くかかわる随筆であると言える。

例えば、平家物語は、平安末期の大乱にあって「古いものの死と新しいものの生との鮮やかな姿を、驚くほど平静に、行動の世界のうちに描き出してみせた」（「実朝」〔昭和十八年〕、第八巻P57）ものだと小林は書いている。また、西行は「陰謀、戦乱、火災、饑饉、悪疫、地震、洪水、の間にいかに処すべきかを想つた正直な一人の人間の荒々しい悩み」（「西行」〔昭和十七年〕、第八巻P33）を抱いた歌人として描かれている。そして実朝もまた、頼朝亡き後の陰謀と暗殺が繰り返される中を生き、そして自らもその犠牲となった悲劇の主人公である。

昭和十七〜十八年といえば、戦局が悪化し、敗戦へと向かっていった頃である。当時の戦局の事実は大本営が隠蔽していたから、一文学者がその状況を正確に知っていたはずもあるまい。にもかかわらず、小林は、この時期に、まるで滅びの運命を予感していたかのように、「無常といふ事」を書き、平家物語、西行、実朝を読んだ。

昭和十八年の「実朝」から終戦までの期間、小林は沈黙したと言われている。しかし、昭和二十一年に発表された「モオツァルト」の第一稿は、昭和十八年末から翌十九年六月に至る中国旅行中に書き始められていたという。その「モオツァルト」について、小林は、「ぼくがあれでいちばん書きたかったことは自由という問題だった」とはっきり言っている（「人間の進歩について」（昭和二十三年）、別巻Ⅰ、P162）。戦争末期から終戦後の占領期にかけて、つまり最も不自由な時代に、小林は「自由」について考え続けていたということだ。

言うまでもなく、「自由」は、政治学における最重要概念の一つである。ということは、小林の代表作の一つとして名高い「モオツァルト」は、彼の政治学としても解釈できるということになろう。

さらに、「モオツァルト」以降の戦後二十年間の随筆の中から、政治、政治家、イデオロギー、民主主義、自由、戦争、国家、歴史について言及があるものを拾ってみると、おおよそ次の通りとなる。

昭和二十三年：「私の人生観」（講演）

昭和二十四年：「私の人生観」「吉田満の『戦艦大和の最期』」「知識階級について」

昭和二十五年：「『きけわだつみのこゑ』」「蘇我馬子の墓」「信仰について」

昭和二十六年：「感想」（読売新聞）「感想」（初出不明）「政治と文学」「感想」（大阪新聞）

「悲劇について」
昭和二十七年：「中庸」
昭和二十九年：「自由」
昭和三十年：「常識」「教育」「理想」「民主主義教育」
昭和三十一年：「吉田茂」
昭和三十二年：「感想」
昭和三十四年：「常識」「プラトンの『国家』」「読者」「漫画」「良心」「歴史」
昭和三十五年：「或る教師の手記」「ヒットラアと悪魔」「『プルターク英雄伝』」
昭和三十七年：「福沢諭吉」「天といふ言葉」
昭和三十八年：「ソヴェトの旅」（講演）
昭和三十九年：「ソヴェトの旅」「常識について」

小林の随筆と言えば、文学以外にも絵画、音楽、骨董などのテーマがよく知られているが、このように見てみると、政治に関係するものも意外と多いことが分かる。とりわけ、昭和三十四年と三十五年にピークがあるのが目を引く。

昭和三十四年から三十五年と言えば、安保闘争が起き、岸信介首相が退陣を余儀なくされるなど、政治は大きく動揺していた頃である。そういう時期に、民主主義、自由、政治家、国家、歴史といった政治的課題について書いた随筆が集中している。我々は、このことにもっと注意を払うべきである。

また、この頃の小林は、ソクラテス、プラトン、ペリクレスなど、古代ギリシャの政治哲学者や政治家にしばしば言及している。これは、小林が、民主主義が声高に叫ばれるようになった戦後の騒がしい世情の中で、民主政治の本質について思索を深めるために古典に帰ったのであろうことを示唆している。

加えて、昭和三十四年から三十九年まで「文藝春秋」に「考へるヒント」として連載された随筆には、伊藤仁斎や荻生徂徠《おぎゅうそらい》について書かれたものが少なからずある。それらはいずれも、後の大作「本居宣長」へとつながる重要な作品であるが、そもそも儒学とは政治学なのだから、これらもまた、政治に関する考察だと言ってよい。

このように、小林は、「政治といふものは虫が好かない」と言っていたわりには、政治について多くを書いていた。彼は、決して政治から目を背けていたわけではなかった。むしろ、政治というものを、よく見ていたのである。

したがって、小林が政治というものをどう見ていたのかを探ること、彼の作品を政治という観点から解釈し直してみることは、非常に興味深い作業となるであろう。

もちろん、小林は、政治学の理論体系を残したわけではなく、彼の政治に関する見解は、随筆や講演の中で断片的にその顔をのぞかせているに過ぎない。だが、そうした言葉の断片をつなぎ合わせれば、考古学者が発掘した破片から古代の土器を再現するかのように、小林の政治学の姿をつかむことができるのではないか。そして、この新たな試みは、小林秀雄に対する従来のイメージを変えるだろうし、あるいは、政治というものに対する我々の理解を改めるだろう。そういう予感が私にはある。

もっとも、これまで、小林秀雄の政治学に着目した者がいなかったというわけではない。例えば、戦後日本を代表する政治学者と言うべき丸山眞男は、『日本の思想』の中で、小林秀雄の政治思想を批判的にとり上げている。

丸山は、『日本の思想』において、日本の思想的伝統を「理論信仰」と「実感信仰」という両極端の悪循環として描いた。「理論信仰」とは抽象的な理論を無批判に受け入れ、物神化する精神のことであり、「実感信仰」とは逆にあらゆる抽象的思考を拒否し、日常的感覚の世界のみを絶対視する姿勢のことであった。その際、丸山が「実感信仰」の極限形態として例に出したのが、他ならぬ小林秀雄であったのである。

丸山の解釈によれば、小林は、「理論信仰」を批判するにとどまらず、一切の理論化や抽象化を否認し、挙句の果てに、ありのままの現実をいかなる理論も妥当しえないものとして絶対視するに至った。しかし、このような形で理論を退け、現実を絶対視することは、「直観」や「賭け」といった非合理的な政治を無批判に是認する姿勢へとつながる。この姿勢というのは、政治の決断を規範や論理に優越させる「決断主義」に他ならない。決断主義は、ファシズムのイデオロギーである。

丸山は、小林の政治学を、日本の伝統的思想の「実感信仰」から派生した決断主義として解釈しただけではなく、それを日本的なファシズムの源泉だと暗示した。「絶対絶命の決断を原理化した時、彼はカール・シュミットにではなくて、『葉隠《はがくれ》』と宮本武蔵の世界に行きついたのであった[4]」。

小林がマルクスを深く理解していたことを証明した亀井秀雄もまた、丸山とは多少違った文脈ではあるが、小林の政治学を批判している。

亀井の解釈によれば、戦時中の小林は、戦争という恐るべき現実を直に経験している一般の生活者たちを発見した。そして、戦争という物質的な運動に対して、彼らが日常の物質的な活動が育んだ智慧によって対処するものと期待した。しかし、小林の念頭には、生活者は戦争を支持していたのか否かという疑問や、戦争によって生活者の将来はどうなるかという憂慮がまったくなかった。小林が抱いていたのは生活者の実像ではなく、美化されたイメージに過ぎな

4　丸山眞男『日本の思想』（岩波新書）、１９６１年、Ｐ133。

かったのだ。

亀井は、現在の事態に全力で対処する「決断主義」が小林の魅力ではあるとしつつも、こう指摘する。「だが現在の事態に対する全的な責任意識がある一歩を踏みこえてしまうとき、結局それは、遠き未来のことを慮《おもんぱか》っておく生活者的想像力を欠いた無責任な行動主義へと変質してしまう、その危険を孕《はら》んでいたこともまた否定できない[5]」。

亀井は、小林の政治に対する姿勢について、丸山よりも好意的ではあるが、それでもやはり、そこに決断主義を見出し、批判するのである。

これに対して、山本七平は『小林秀雄の流儀』の一章を小林の政治観に充てているが、山本はそれを決断主義とは解釈していない。もっとも、山本が参照したのは、「私の人生観」「政治と文学」「プラトンの『国家』」「ヒットラアと悪魔」「『プルターク英雄伝』」など、ほとんどが戦後の講演や随筆であった。これらを読み直した山本は、「政治と文学」の最後の一節である「政治は、私達の衣食住の管理や合理化に関する実務と技術との道に立還《たちかえ》るべきだ」という言葉に、小林の政治観を集約させている[6]。

最近では、適菜収《てきなおさむ》が『小林秀雄の警告――近代はなぜ暴走したのか?』の中で、小林の政治

5　亀井秀雄『小林秀雄論』（塙書房）、１９７２年、P276。

6　山本七平『小林秀雄の流儀』（文春学藝ライブラリー）、２０１５年。

思想を「保守」として位置づけている。適菜によれば、保守とは、イデオロギーを警戒し、常識を取り戻そうとする姿勢である。「彼ら［注：保守主義者］は常に疑い、思考停止を戒める。安易な解決策に飛びつかず、矛盾を矛盾のまま抱え込む。人間社会という複雑なものについて考え続ける。保守の基盤は歴史や現実であり、そこから生まれる『常識』である」[7]。

このように、小林秀雄の政治学については様々な見方が示されてきたのであるが、いずれの理解が正しいのであろうか。

結論を先取りすれば、本書における解釈は、山本七平と適菜収のそれに近い。

ただ、本書が他の小林秀雄論と際立って異なるのは、小林の政治学に焦点を集中させている点である。そうすることによって、小林の政治学が初期の「様々なる意匠」から晩年の「本居宣長」までほぼ一貫しており、かつ、彼の言語観、歴史観、芸術観そして人間観とも見事に整合していたことが明らかとなるであろう。

本書によって、政治嫌いの文学者という従来の小林秀雄のイメージは一新されるであろう。そして、多くの読者は、彼の意外な相貌を知って驚くであろう。

少なくとも、私は大変驚いた。

7　適菜収『小林秀雄の警告——近代はなぜ暴走したのか？』（講談社＋α新書）、２０１８年、P118。

第一章　理論

■理論と実践

昭和四年、小林秀雄は、「改造」九月号に、「様々なる意匠」を発表して文壇に登場し、批評家としての活動を開始した。その「様々なる意匠」の冒頭において、小林は、「私は、こゝで問題を提出したり解決したり仕様とは思はぬ。私はたゞ世の騒然たる文芸批評家等が、騒然と行動する必要の為に見ぬ振りをした種々な事実を拾ひ上げ度《た》いと思ふ」と書き、その姿勢を「『搦手《からめて》から』」と表現している（「様々なる意匠」〔昭和四年〕、第一巻P11）。

私も、小林秀雄に「搦手から」接近してみようと思う。これまで文芸批評家等が「見ぬ振り」をしてきた彼の政治学を拾い上げようというのである。

その探究の出発点となるのは、やはり「様々なる意匠」である。それは、次のような言葉で始まる。

> 吾々にとつて幸福な事か不幸な事か知らないが、世に一つとして簡単に片付く問題はない。遠い昔、人間が意識と共に与へられた言葉といふ吾々の思索の唯一の武器は、依然として昔乍《なが》らの魔術を止めない。劣悪を指嗾《しそう》しない如何《いか》なる崇高な言葉もなく、崇高を指嗾しない如

> 何なる劣悪な言葉もない。而《しか》も、若し言葉がその人心眩惑の魔術を捨てたら恐らく影に過ぎまい。（「様々なる意匠」〔昭和四年〕、第一巻P11）

ここに、「様々なる意匠」の主題が明確にされている。小林は、「言葉」について論じようとしているのだ。

そこで、まずは、言葉に関する小林の考察を追っていこう。

> 子供は母親から海は青いものだと教へられる。（中略）それなら子供は「海は青い」といふ概念を持つてゐるのであるか？　だが、品川湾の傍に住む子供は、品川湾なくして海を考へ得まい。子供にとつて言葉は概念を指すのでもなく対象を指すのでもない。言葉がこの中間を彷徨する事は、子供がこの世に成長する為の必須な条件である。そして人間は生涯を通じて半分は子供である。では子供を大人とするあとの半分は何か？　人はこれを論理と称するのである。つまり言葉の実践的公共性に、論理の公共性を附加する事によつて子供は大人となる。この言葉の二重の公共性を拒絶する事が詩人の実践の前提となるのである。中天にかゝつた満月は五寸に見える、理論はこの外観の虚偽を明かすが、五寸に見えるといふ現象自身は何等の錯誤も含んではゐない。人は目覚めて夢の愚を笑ふ、だが、夢は夢独特の影像

をもつて真実だ。（「様々なる意匠」〈昭和四年〉、第一巻P20－21）

子供は「海」という言葉から、家の近くの「品川湾」という具体的な海を思い浮かべる。その子供にとって、「海」という言葉は、「海」という概念と「品川湾」という対象が未分化のままの状態にある。これが「言葉の実践的公共性」である。

これに対して、大人は、「品川湾」という具体的な海を思い浮かべずとも、「海」を一般概念として理解できる。これが「論理の公共性」である。

概念と対象、あるいは主観と客観が未分化のままの子供の認識というのは、夜空の満月を五寸と見るように、現実をあるがままに見ることである。「理論」は、満月が実際には五寸ではないことを論理によって明らかにする。これに対して、満月を五寸だとあるがままに見るのは、「実践」であり「生活」である。「直接経験」（「文芸批評の科学性に関する論争」〈昭和六年〉、第一巻P131）と呼んでもよい。

「人間は生涯を通じて半分は子供」とあるように、大人は、生活の中で、いったんは、現実をあるがままに見ている。その上で、論理が、あるがままの現実を切り取り、加工して「理論」を構築する。その「理論」を知った大人は、現実をあるがままに見ることができなくなってしまう。

マルクスの理論は「唯物論」と言われるが、唯物論における「物」とは、あるがままの現実のことを指している。これが、小林のマルクス解釈であった。

一般に、マルクス主義の唯物論における「物」とは、「経済的な下部構造」のことを指すとされている。経済的な下部構造が政治的・文化的な上部構造を決定するというのが、いわゆる唯物論の標準的な理解である。ところが、小林は、マルクスの言う「物」とは、経済的下部構造のことではなく、主観と客観が未分化の状態にある「あるがままの世界」のことだと解したのである。

そのことは、「マルクスの悟達」という随筆を読めばはっきりとわかる。その中で、小林は、レーニンの「唯物論と経験批判論」から、次の一文を引用する。「マルクスとエンゲルスの天才は、なかんづく彼らが、新しい言葉や、ひねくり廻した術語や、狡猾な『主義』などを以つてする衒学的な遊戯を軽蔑して、率直に、哲学には唯物論的方向と観念論的方向とがあり、かつその間に、種々なる色合の不可知論が介在してゐると説明した点に現はれた」（「マルクスの悟達」〔昭和六年〕、第一巻P104）。

このレーニンの言葉を、小林はこう解釈した。

扨《さ》て以上のレニンの短文を約言すればこの世はあるがまゝにあり、他にあり様はない、この世があるがまゝであるといふ事に驚かぬ精神は貧困した精神であるといふ事である。弁証法的唯物論なるものの最も率直な表現である。（「マルクスの悟達」〔昭和六年〕、第一巻P105）

人間の認識の根底には、あるがままの世界、すなわち「物」がある。そのあるがままの世界においては、概念と対象、主観と客観が未分化の状態にある。あるがままの世界（「物」）から、概念が分離抽出されると、それは「認識」になり「理論」になる。「認識」や「理論」は、あるがままの世界を出発点としているのだ。これが、マルクスが摑んだ「人間存在の根本的理解の形式」である。

だが、日々の生活の「実践」において、人々は、この世があるがままであるなどということを意識すらしていない。この世があるがままであることなど当たり前だ、何も驚くことではない。そんなことにいちいち驚いていては、日常生活に支障を来すだけだというわけである。

脳細胞から意識を引き出す唯物論も、精神から存在を引き出す観念論も等しく否定したマルクスの唯物史観に於ける「物」とは、飄々《ひょうひょう》たる精神ではない事は勿論《もちろん》だが、又固定した物質でもない。認識論中への、素朴な実在論の果敢な、精密な導入による彼の唯物史観は、現代に於ける見事な人間存在の根本的理解の形式ではあらうが、彼の如き理解をもつ事は人々の常識生活を少しも便利にはしない。換言すれば常識は、マルクス的理解を自明であるといふ口実で巧みに回避する。或は常識にとつてマルクスの理解の根本規定は、美しすぎる真理である。或は飛躍して高所より見れば、大衆にとつてかかる根本規定を理解するといふ事は、ブルジョアの生活とプロレタリヤの生活とを問はず、精神の生活であると肉体の生活であるとを問はず、彼等が日々生活する事に他ならないのである。（「様々なる意匠」〔昭和四年〕、第一巻P24―25）

バルザックも、マルクスが到達した「人間存在の根本的理解の形式」を理解していた。すなわち、マルクスが「物」を自らの「理論」の出発点としたように、バルザックもまた、「人間喜劇」を書く上で、あるがままの世界を出発点とした。

　バルザックが、この世があるが儘《まま》だと観ずる時、あるが儘とは彼にとつて人間存在の根本的理解の形式である。だが彼の理解を獲得する事は、人々の生活にとつては最も不便な事に相違ないのである。（「様々なる意匠」〔昭和四年〕、第一巻P25）

人々は、あるがままの世界に埋没して生活を「実践」しているだけである。これに対して、マルクスやバルザックは、あるがままの世界における「実践」から出発して「理論」を構築する。

小林は、さらに踏み込んで言う。「理論」を構築するという行為も、一つの「実践」である。しかし、「理論」という「実践」に埋没してしまっては、生活実践に埋没している一般の人々と同じように、「人間存在の根本的理解の形式」を見失ってしまうだろう。つまり、「実践」から出発して「理論」になるということが分からなくなってしまうのである。

> 更に一歩を進めれば、バルザックが「人間喜劇」を書く時、これを己れの認識論から眺めたら、己れが「人間喜劇」を書く事も亦《また》あるが儘なる人の世のあるが儘なる一形態に過ぎまい。而も亦、己れが「人間喜劇」を書く事から眺めたら、己れの人間理解の根本規定は蒼然として光を失ふ概念に過ぎまい。このバルザック個人に於《お》ける理論と実践との論理関係はまたマルクス個人にとつても同様でなければならない。更に一歩を進めて、この二人は各自が生きた時代の根本性格を写さんとして、己れの仕事の前提として、眼前に生き生きとした現実以外には何物も欲しなかつたといふ点で、何等異る処はない。二人はたゞ異つた各自の宿命を持つてゐただけである。（「様々なる意匠」〔昭和四年〕、第一巻P25）

「理論」は「実践」を出発点とする。この「理論と実践との論理関係」を見失わないためには、己れが理論を構築することをも「己れの認識論から眺め」なければならない。しかし、理論を構築する「己れ」は、あるがままの世界の中にいる。それゆえ、あるがままの世界の中にいながら、己れ自身をも含むあるがままの世界を「己れの認識論から眺め」るという循環に入っていくことになる。この理論と実践の間の無限の循環、それが「人間存在の根本的理解の形式」である。

「己れの認識論」〔注：傍点筆者〕とあるように、「理論と実践との論理関係」を見失わないためには、「己れ」あるいは「個人」が必要になる。小林が「このバルザック個人に於ける理論と実践との論理関係はまたマルクス個人にとつても同様でなければならない」〔注：傍点筆者〕と書いているのは、そのためである。なぜ、「己れ」あるいは「個人」がいかなる意味において不可欠であるのかについては後で論じるとして、「理論と実践との論理関係」を見失うとどうなるのであろうか。

それは、人間が「理論」に支配されるようになるのだ、と小林は答える。人間を支配するようになった「理論」とは、イデオロギー（観念学）のことである。そのイデオロギーの別名が、「意匠」であった。

世のマルクス主義文芸批評家は、こんな事実、こんな論理を、最も単純なものとして笑ふかも知れない。然し、諸君の脳中に於いてマルクス観念学なるものは、理論に貫かれた実践でもなく、実践に貫かれた理論でもなくなつてゐるではないか。正に商品の一形態となつて商品の魔術をふるつてゐるではないか。商品は世を支配するとマルクス主義は語る、だが、このマルクス主義が一意匠として人間の脳中を横行する時、それは立派な商品である。そして、この変貌は、人に商品は世を支配するといふ平凡な事実を忘れさせる力をもつものである。（「様々なる意匠」〔昭和四年〕、第一巻P25－26）

したがって、「様々なる意匠」は、「様々なるイデオロギー」と読み換えることができる。「様々なる意匠」とは、イデオロギー論だったのである。イデオロギー論であるならば、それは、一つの政治論であるとも言えるだろう。

■言葉という難問

「実践」という出発点を見失った「理論」は、どうして、人間を支配するイデオロギー（「意匠」）へと堕していくのであろうか。そもそも、イデオロギーが人間を支配するということは、どういうことであろうか。

それを理解するためには、「言葉」という恐るべきものについて、もう一度、考察を及ぼしておく必要がある。

人間は、言葉によって、自分の精神を表現し、自分の精神を他者に伝達することもできる。それによって、自らの精神を発展させることもできる。

言葉とは、社会が共有する制度あるいはルールである。それゆえに、言葉によって、社会の他の構成員に自らの精神を伝達することができるのである。

ただし、自分の精神のうち、言葉には表せなかった部分は、他者には伝わらずに漏れてしまうかもしれない。もちろん、その逆の場合もある。自分が意図していないことであっても、使った言葉に含まれている意味を、他者が自分の意図と誤認して受け取ってしまうかもしれない。つまり、我々の精神は、言葉のおかげで他者に伝達できるのだが、その代償として、言葉が許す範囲のことしか伝達できない。我々の精神は、言葉という社会のルールに拘束されているのである。

> 人間は常にあらゆる伝習を纏《まと》つて登場する。最初に言葉が語られたといふ事実があつた。
> これは、精神が言葉に捕へられて、言葉に捕へられる事によつてのみ明るみに出たといふ光

栄を語つてゐるのだが、同時にこの言葉を聞いた人間がゐたといふ事は、言葉が共通な伝達物と化して不死の死となつたといふ不幸を語るものである。言葉が元来、実生活の必要から、自ら姿を現したものなら、又、われわれの実生活の波に没し去つて、容易にその真の面貌を現さない事も驚くに足らぬ。人々は日常視る処をことごとく言葉に飜訳して、蓄積する。人々は言ふ。「言葉ではさうだらうが、実際はそんなもんぢやない」、と。では実際とは何物か。実は彼等は次の通りに言つたのだ。「その言葉は簡単だ、もつと複雑な言葉もある」、と。

人は言葉を与へられて以来、出来るだけこれを利用した、電車を利用する様に。電車を利用する人達に心配な事は、電車がうまく走つてくれるか、くれないかといふ事だが、さういふ不安を已れの言葉の表現能力の不足に帰してみた処で始らぬ。考へると語るとは飽く迄《まで》同一事実だからである。人間精神は言葉によつてのみ壮大に発展出来るのだが、この事実は精神が永遠に言葉の桎梏《しっこく》の下にあることも語るものだ。（「アシルと亀の子Ⅳ」〔昭和五年〕、第一巻P59－60）

我々は、日常生活において、「あるがままの世界」あるいは「生き生きとした現実」の中に存在して、その「あるがままの世界」を言葉によって表現し、理解する。

だが、「あるがままの世界」が複雑、動態的かつ無限に多面的であるのに対し、言葉が表現できるのは、その「あるがままの世界」の切り取られた一面だけである。言葉によって表現できなかった側面はすべて抜け落ちてしまうのだ。

　例えば、子供にとっての「青い海」とは、眼前のあるがままの「品川湾」である。それは、概念と対象、主観と客観が未だ分化していない子供の「生き生きとした現実」である。しかし、それを「青い海」という言葉で表現したとたん、他者には「青い海」という抽象的な概念は伝わるであろうが、子供にとってのあるがままの世界としての「品川湾」だけがもつ複雑な個性は、軒並み振り落とされてしまって伝わらない。「品川湾」という、子供が抱いている「生き生きとした現実」は伝わらず、「青い海」という抽象的な一般概念だけが伝わる。

　子供個人にとっての「生き生きとした現実」（＝「品川湾」）というものは、他者には伝えようもないものである。「青い海」という抽象的な言葉だからこそ、他者に伝達し得るのだ。だが、その伝達の代償として、「生き生きとした現実」が犠牲となる。伝達されるのは、「共通な伝達物と化して不死の死となつた」抽象的な言葉である。そういう言語理解が、マルクスの唯物論の根底にあったと小林は解した。

　小林は、マルクスの『哲学の貧困』から「生産諸力の増大、社会関係の破壊、観念形式、の不断の運動が行はれる、一定不動なるものは、ただ運動の抽象――不死の死――あるのみ」という一節を引きつつ、こう述べる。

全自然が一つの運動ならば、もはや、人間は自然の外側に立つて、存在する真理を認識し、表現する者として現れはしない。認識する主観も、認識される客観も対立して存在するものとして現れはしない。思惟と存在との区別も、たゞそんなたとへ話も可能であるといふに過ぎぬ。すべては運動の形態である。(「アシルと亀の子Ⅳ」〔昭和五年〕、第一巻P58－59)

我々が世界の中に存在している以上、我々の主観も世界の中にある。我々の主観が、世界という客観を認識しようとしても、その客観たる世界の中に我々がすでに入っているのでは、我々の主観と世界という客観は分かれていないので、「認識する主観も、認識される客観も対立して存在するものとして現れはしない」に決まっている。あるがままの世界では、子供にとっての「品川湾」と同じように、主観と客観は未分化である。

あるがままの世界においては、主観と客観は未分化というだけではない。主観と客観は完全に一致して動かないのではなく、客観(環境)が主観(人)に影響し、主観(人)が客観(環境)に影響するという相互作用の関係にある。「雲が雨を作り雨が雲を作る様に、環境は人を作り人は環境を作る、斯《か》く言はば弁証法的に統一された事実に、世の所謂《いわゆる》宿命の真の意味があるとすれば、血球と共に循《めぐ》る一真実とはその人の宿命の異名である」(「様々なる意匠」〔昭和四年」、第一巻P14)。

あるがままの世界は、主観と客観の間で双方向の運動を不断に行っている動態である。このあるがままの世界の不断の運動は、言葉では十分に表現できない。言葉によって切り取られた世界、すなわち理論は、運動する世界のあるがままではなく、スナップ・ショットのように固定した写像にならざるを得ない。理論とは、「ただ運動の抽象——不死の死——あるのみ」というわけである。この理論の限界とは、言葉の限界に他ならない。

それでも何とかして、運動する世界をあるがままに表現しようとしたら、言葉の方を複雑にして、あるがままの世界に出来るだけ近い表現を目指すしかないであろう。言い方を変えたり、レトリックを用いたりして、複雑な世界をあちこちから照射する。そうすれば、運動する世界それ自体を描写することは不可能でも、それに近いものを言葉によって表現できるかもしれない。

それは、切子細工のように、四方体のガラスの角を切り、磨いていくことで、完全な球体は無理でも、限りなく球体に近いものを作るようなイメージである。

評論を書き始めて暫《しばら》くした頃僕は自分の文章の平板な点、一本調子な点に次第に不満を覚えて来た事がある。努めて同じ問題をいろいろな面から角度から眺めて、豊富な文体を得ようとしたが、どうしたら得られるかわからない。仕方がないから、丁度切籠《きりこ》の硝子玉でも作る気で、或る問題の一面を出来るだけはつきり書いてごく短い一章を書くと、連絡なぞ全く考へずにまるで反対な面を切る気持ちで、反対な面から眺めた処を又出来るだけはつきりした文章に作り上げる。かうした短章を幾つも作つてみた事がある。だんだんやつてゐるうちに、かういふ諸短章を原稿用紙に芸もなく二行開きで並べるだけで、全体が切籠の硝子玉程度の文章にはなる様になつた。そんな事を暫くやつてゐるうちに、玉を作るのに先《ま》づ一面を磨き、次に反対の面を磨くといふ様な事をしなくても、一と息でいろいろの面が繰《く》り展《の》べられる様な文が書ける様になつた。（「文章について」〔昭和十五年〕、第七巻P286－287）

もちろん、これは、小林が文章の書き方について述べたものであって、理論についての記述ではない。しかし、同じことである。

言葉は、あるがままの世界を正確に描写することはできない。とは言え、人間は、言葉によってでしか、世界を理解できない。そして、言葉が巧みであればあるほど、世界をより正しく理解できる。

文学者が考へるとは即ち書く事であり、巧みに考へるとは巧みな言葉によつて考へるとい

ふ事に他ならぬ。（「文章について」〔昭和十五年〕、第七巻P289）

現実といふものは、それが内的なものであれ、外的なものであれ、人間の言葉といふ様なものと比べたら、凡《およ》そ比較を絶して豊富且《か》つ微妙なものだ。さういふ言語に絶する現実を前にして、言葉といふものの貧弱さを痛感するからこそ、そこに文体といふものについていろいろと工夫せざるを得ないのである。（中略）現実はいつも言葉より豊富だ。（「疑惑Ｉ」〔昭和十四年〕、第七巻P44）

だから人間世界では、どんなに正確な論理的表現も、厳密に言へば畢竟《ひつきよう》文体の問題に過ぎない、修辞学の問題に過ぎないのだ。簡単な言葉で言へば、科学を除いてすべての人間の思想は文学に過ぎぬ。（「Ｘへの手紙」〔昭和七年〕、第二巻P96）

要するに、理論があるがままの世界にどれだけ接近できているかは、言葉の表現の仕方、文体の巧拙にかかっているというのだ。そして、言葉を駆使して如何に表現するかは、個人の経験による。「それは、実際の物事にぶつかり、物事の微妙さに驚き、複雑さに困却し、習ひ覚えた知識の如きは、肝腎要の役には立たぬと痛感し、独力の工夫によつて自分の力を試す、さういふ経験を重ねて着々と得られるものに他ならない」（「疑惑Ⅰ」〔昭和十四年〕、第七巻P46）。

そう考えるならば、「理論と実践との論理関係」には「個人」が不可欠であるということの意味もおのずと明らかとなろう。理論と実践を近づけるのは文体であり、そして文体は個人の能力に依存するということだ。

天才であれば、その豊かな文体と独特の表現によって、あるがままの世界に限りなく近い理論を構築することができるであろう。こうして、天才の独創性と個性が現れる。これに対して、凡人は、現実世界の一面しかとらえることができない。文体が平板だからだ。文体が平板であるということは、思想も拙劣だということである。文体が稚拙なだけで、思想は立派であるなどという言い訳は許されない。なぜなら、「考へると語るとは飽く迄同一事実だからである」。

小林の文章はわかりにくいというのは、ほとんど定評になっている。そういう不満や批判は、小林が批評家として立ったばかりの頃からあったらしい。これに対して、彼はこう答えている。「仮りに私の評論がむつかしいとするならばそれは二つの理由によるので、それ以外の理由はない。第一に、わたしの表現技巧が拙劣である事、第二には、単純な事実を語る事は、複雑な理論を語る事よりも、遥かに困難なわざであるが為だ」（「アシルと亀の子Ⅳ」〔昭和五年〕、第一巻P56）。

「単純な事実」とは、我々が世界の中に存在するということである。ただし、その世界は複雑に多面的であり、かつ動態的である。ところが、言葉は、そういう世界を表現するのにはまったくもって力不足である。そこで、言葉による表現技巧に腐心せざるを得なくなる。小林の文章とは、あるがままの世界をとらえようとした腐心の結果なのである。それが難しいと感じられるのは、世界というものが難しいからである。

平板で単純な表現にすれば確かに分かりやすいのかもしれない。しかし、それでは、豊かで複雑な現実世界を分かったことにはならない。「文体の工夫など必要としないと言ふ思想家にとつて、必要でないものは、実は文体の工夫ではなく、寧《むし》ろ現実の豊かさなのだ。実際に物事にぶつかり、物事の真の複雑さに眼を据ゑる必要がそもそもないのだから、言葉の貧しさを痛感する必要も従つて生じないわけなのである」(「疑惑Ｉ」〔昭和十四年〕、第七巻Ｐ44)。

もっとも、平板な言葉は、他者に伝達する道具としては都合がよい。そこで、社会生活の中では、平板な言葉が多用され、氾濫《はんらん》する。

平板な言葉は、あるがままの世界のごく一面を固定してとらえたものに過ぎず、「生き生きとした現実」の多面性と動態を捨象している。それにもかかわらず、言葉によって切り取られた一面が世界全体であるかのように錯覚され、人々に共有され、人々の思想を規定する。言葉が思想を規定してしまうのは、人間は、言葉によらなければ社会生活を営むことができないからだ。こうして、平板な言葉が、人間を、そして社会を支配するに至る。

この社会を支配する平板な言葉（＝思想）のことを、小林は「観念学」「イデオロギイ」あるいは「意匠」と呼ぶのである。

マルクスという天才は、以上のことをすべて分かった上で、彼の唯物論を構築したはずであった。ところが、天才ではないマルクス主義者は、マルクスの豊かな理論の一面だけを切り取って、それを「マルクス主義」というイデオロギーあるいは「意匠」として流布《るふ》させた。

マルクスの「唯物論」は、伝達により適した「マルクス主義」という安易なイデオロギーに加工されて普及し、社会を支配していく。それは、皮肉にも、「物自体」が交換可能な「商品」へと加工されて流通し、やがて「商品」が社会を支配するようになるという、マルクスの理論が説くところとまるで同じではないか。だから、「マルクス主義が一意匠として人間の脳中を横行する時、それは立派な商品である」と小林は言ったわけだ。

■イデオロギー

いかなる理論も、言葉によって構築されており、そして言葉とは、社会的に共有された一つの制度である。人々は、言葉を使って生活実践を営んでいる。その社会的共通物である言葉によって出来上がっている以上、理論は、社会的実践と完全に無縁になることはあり得ない。

　理論と実践とは弁証法的統一のもとにある、とは学者の寝言で、もともと理論と実践とは同じものだ。マルクスは理論と実践とが弁証法的統一のもとにあるなどと説きはしない、その統一を生きたのだ。（「マルクスの悟達」〔昭和六年〕、第一巻P106）

　小林は「様々なる意匠」において、実践を重視し、理論の不可能性を指摘したのだという解釈があるが[8]、それは誤読である。小林は、理論もまた実践であると考えていたのである。もし、小林が理論は不可能だと言っているとしたら、実践もまた不可能だということになってしまうではないか。

　理論と実践が同じであるならば、実践とまったく無縁の「理論のための理論」などというものはないということになる。もっとも、「机上の空論」と呼ばれるような理論は、確かにある。しかし、「机上の空論」とは、厳密には、実践とは無関係の理論というよりはむしろ、言葉や文体が稚拙過ぎる理論と言うべきであろう。それは、世界とは完全に無縁ではないものの、世

8　先崎彰容・浜崎洋介『アフター・モダニティ――近代日本の思想と批評』（北樹出版）、２０１４年、P192－194。

界のごく一面だけを切り取ったに過ぎない貧弱で硬直的な理論なのである。
「理論」と「実践」との違いがあるのではない。「優れた理論（＝優れた実践）」と「劣った理論（＝劣った実践）」の違いがあるのだ。

　理論の為の理論、思弁の為の思弁を、弁証法的唯物論は全くの素朴をもつて否定する。言葉の厳密な意味に於《お》いて理論の為の理論などといふものはない。ないからこそ否定するのである。人は理論を持つ時、同時にこれを表現する、記号をもつものだ、言葉を持つものだ。この事実の率直な承認から出発して哲学体系を論じようとしたらどうといふ事になるか。それは或る社会が、個人が生産したイデオロギイである他はあるまい。そこには言葉といふ記号が、合理的理論を辿つてゐると共に無限の非合理的な陰翳《いんえい》を孕《はら》んで現存するのみだ。こゝに、「絶対精神」といふ言葉も、「物自体」といふ言葉も、天才の身をもつて為した表現として躍動し始めるのである。（「マルクスの悟達」〔昭和六年〕、第一巻Ｐ108）

　ここで気を付けなければならないことは、イデオロギーが言葉の産物であり、そして言葉によって人間が動いている以上、イデオロギーもまた一つの社会的現実だということである。

或る人の観念学は常にその人の全存在にかゝつてゐる。その人の宿命にかゝつてゐる。怠惰も人間のある種の権利であるから、或る小説家が観念学に無関心である事は何等差支へない。然《しか》し、観念学を支持するものは、常に理論ではなく人間の生活の意力である限り、それは一つの現実である。或る現実に無関心でゐる事は許されるが、現実を嘲笑する事は誰にも許されてはゐない。

若《も》し、卓《すぐ》れたプロレタリヤ作者の作品にあるプロレタリヤの観念学が、人を動かすとすれば、それはあらゆる卓れた作品が有する観念学と同様に、作品と絶対関係に於いてあるからだ、作者の血液をもつて染色されてゐるからだ。若しもこの血液を洗ひ去つたものに動かされるものがあるとすれば、それは「粉飾した心のみが粉飾に動かされる」といふ自然の狡猾なる理法に依《よ》るのである。（「様々なる意匠」〔昭和四年〕、第一巻P16）

理論と実践を深く結び付けるには、両者をつなぐ言葉を操る「己れ」「個人」の能力が不可欠であることは、すでに述べた。同じ理由から、イデオロギーにも、その背後に個人が存在する場合がある。プロレタリア文学の作品が人を動かすとしたら、それは、イデオロギーの教義内容というよりは、その作者という個人の言葉の表現力が優れているからであろう。

作者個人の言葉が卓越している場合、イデオロギーはより強力なものとなって、人間の精神を規定し、社会を動かす。強力なイデオロギーは、一つの実践である。「人は便覧《マニユエル》によつて動きはしない、事件によつて動かされるのだ。強力な観念学は事件である」（「様々なる意匠」〔昭和四年〕、第一巻P16）。

もちろん、平板で稚拙な表現によって動かされる人々もいるだろう。しかし、それは彼等の精神が平板で稚拙だからであり、「粉飾した心のみが粉飾に動かされる」というに過ぎない。安っぽい商品がよく売れるのと同じことである。

優れたプロレタリア文学の作品が人間や社会を動かすことがあるのは、理論や文学が言葉によってできているがゆえに実践となるからである。理論や文学もまた、実践である。

ところが、プロレタリア文学の支持者たちは、そうは思っていない。彼らは、文学と実践を別物と考え、その上で、文学は実践のために奉仕すべきだと主張する。「プロレタリヤ運動の為に芸術を利用せよ」と命ずるのである。だが、本当は、文学それ自体が実践なのだから、実践を目指した文学などというものは、堂々巡りに陥るであろう。いや、その堂々巡りこそが、文学と実践の関係の本来の姿である。「目的がなければ生活の展開を規定するものがない。然し、目的を目指して進んでも目的は生活の把握であるから、目的は生活に帰つて来る」（「様々なる意匠」〔昭和四年〕、第一巻P16－17）というわけだ。

他方、プロレタリア文学を批判する芸術派は、文学は実践に奉仕するのではなく、文学それ自身のためにあるべきだと主張する。「芸術の為の芸術」を掲げるのである。だが、文学と実践を別物とみなしているという点で、芸術派は、プロレタリア文学の支持者と同じ間違いを犯している。芸術は実践である以上、芸術が実践を捨てるということはあり得ない。

> 人はこの世に動かされつゝこの世を捨てる事は出来ない、この世を捨てようと希《ねが》ふ事は出来ない。世捨て人とは世を捨てた人ではない、世が捨てた人である。ある世紀が有機体として潑剌《はつらつ》たる神話を有する時、その世紀の芸術家達に、「芸術の為の芸術」とは了解し難い愚劣であらう。ある世紀が極度に解体し衰弱して何等の要望も持つ事がないとしたら又芸術も存在しない。（「様々なる意匠」〔昭和四年〕、第一巻P18）

ここで小林が、「『芸術の為の芸術』とは了解し難い愚劣」だと芸術派を厳しく批判していることに注目すべきである。

よく誤解されるように、小林は、実践を捨てて芸術に逃げ込んだのではない。それどころか、小林は、批評家としての出発点である「様々なる意匠」において、すでに、現世から目を背《そむ》けて審美に耽《ふけ》るような姿勢をはっきりと否定している。その彼が、政治から目を背けていたはずがないのである。

■理論の可能性

理論を表現するのは言葉であり、言葉は社会によって共有されている。人々は生活実践の中で用いられる言葉によって動く。このため、理論は、言葉を通じて、人間や社会を動かす実践となる。しかし、それは、社会理論が、その分析対象であるはずの社会の中に取り込まれるということを意味する。理論が分析対象から分化できなくなるような状態で、社会理論なるものは、どうしたら可能なのか。その社会理論の方法を見出したのがマルクスである、と小林は解釈した。

「哲学の貧困」を語つたマルクスの生ま生ましい眼に、この現実が映らなかつたとは考へられぬ。たゞ彼の天才は、その道を歩む為に、この一つの現実を率直に捨てたのだ。（中略）文字は彼にとつて清潔な論理的記号としてだけで充分であつたのだ。この清潔な論理的記号の運動の正しさを、たゞ現実の経済機構の生ま生ましさを辿ることによつてのみ実証しようとした処に、又、さうする事によつて普遍的な理論の空論たるを避けた処に、彼の天才は存するのである。そこで、同じ様に論理的記号としての文字の一性格を率直に捨てた人もゐたわけで、芸術的天才はさういふ道を歩いた。この曖昧な文字の動きの正しさを、たゞ生ま生ましい肉体を辿ることによつてのみ実証した処に、又、さうする事によつて、己れの孤独な文字の独断を避けた処に彼の天才は存するのである。彼にも亦現実だけが試金石であつた事に変りはない。マルクスは社会の自己理解から始めて、己れの自己理解を貫いた。例へばドストエフスキイはその逆を行つたと言へる。私の眼にはいつもかういふ二人の達人の典型が交錯してみえる。（「マルクスの悟達」〔昭和六年〕、第一巻P108－109）

現実においては、個人は世界の中に存在して、彼の主観は客観から未分化である。現実世界は、主観と客観の中間態である。マルクスは、そのような世界のあるがままを出発点にして、すなわち主観と客観の中間態の中で、より客観（経済機構）の方へと向かって進み、運動する経済機構を、論理的記号としての言葉を凝らして描き出そうとした。言葉を凝らすのはマルクス個人である。

だが、あるがままの世界の中にいるマルクス個人の主観は、社会という客観から分化していない。このため、社会を理解しようとすることは、結果として、自己を理解しようとすることと同じになる。社会を理解しようとして、自己理解に至ったのがマルクスならば、その逆向きに、自己を理解しようとして社会理解に至ったのはドストエフスキーだと小林は言う。

そもそも世界とは、「雲が雨を作り雨が雲を作る様に、環境は人を作り人は環境を作る」という動態であった。人と環境、個人と社会がお互いを作る。そうであるならば、社会の理解を貫いていけば個人の理解へと至るだろうし、逆に、個人の理解を貫いていけば社会の理解に至るであろう。社会理論家は前者のアプローチを、文学者は後者のアプローチを選んだ。いずれにしても、あるがままの世界、生々しい現実を言葉を凝らして理解しようとした点において、変わりはない。

同じことは、次のように言うこともできる。

人間とは社会的な存在であり、個人なるものも社会の中にあってこそ成り立つ。そうであるならば、社会的な存在である人間に対して、社会の面から接近するのが社会科学であり、個人の面から接近するのが文学である。社会科学と文学は接近方法が違うのだが、対象は同じ「社会的な存在としての人間」である。小林は、マルクスを引用しつつ、そう主張する。

マルクスは明瞭に且つ繊細に語つてゐる。
「人間は文字通りの政治的動物だ。単に社交的動物であるのみならず、社会においてのみ個別化され得る動物だ」と。社会においてのみといふ主辞に重点を置いて一つの表現が成り立つ。個別化され得るといふ賓辞《ひんじ》に重点を置いて又別の表現が成り立つ。（「年末感想」〔昭和

七年」、第一巻P225―226）

人間は政治的動物であることを認めている時点で、小林の文学の前提には「政治」が据えられていることは明らかであろう。「社会においてのみといふ主辞に重点を置い」た表現が社会科学であるならば、「個別化され得るといふ賓辞に重点を置い」た表現は文学である。社会科学と文学は、表裏一体の関係にある。小林は文学の道を行ったのだが、その裏には、社会科学の道があるのである。

■「Xへの手紙」

社会科学であれ、文学であれ、政治的動物としての人間という現実を言葉で表現しようとする営為である。しかし、繰り返しになるが、言葉というものは、その性質上、複雑、微妙かつ動態的な現実世界を完全に表現するには不十分である。それでも何とかして現実世界に接近しようとしたら、言葉の技巧を工夫するしかない。「だから人間世界では、どんなに正確な論理的表現も、厳密に言へば畢竟文体の問題に過ぎない、修辞学の問題に過ぎないのだ」ということになる。

文学だけではない。社会科学もまた、文体の問題なのである。そして、文学であれ、社会科学であれ、そこには、現実社会に接近しようと文体を工夫する個人の個性が色濃く反映されているはずである。

例えば、マルクスの理論は、マルクスの天才的な個性と密接不可分である。マルクスの理論はマルクスだけのものなのであって、マルクス以外の者によって語られたものは、マルクスの理論ではなく、「マルクス主義」という偽物《にせもの》に過ぎない。集団や社会はマルクス主義を共有できるだろうが、マルクスの理論については、そうはいかない。マルクスの理論は、マルクス一代限りである。そのことについて、小林は実に面白いことを言っている。「若しこの本当の思想史といふものを人が編み出す事が出来たとしたら、恐らくそれは同じ様な恰好をした数珠《じゅず》玉《だま》をつないだ様に見えるだらうと」（「Xへの手紙」〔昭和七年〕、第二巻P94）。たしかに、その通りであろう。

真の理論は、それを生み出した理論家自身の体験や彼の個性を離れることはできず、それゆえ社会に広く受け入れられることはない。社会の支持を得ようとしたら、理論から理論家の個性を消し、理論家固有の体験とは無関係に、誰でも受け入れられる一般的な観念に改変しなければならない。理論家の現実体験から切り離された観念などというものは、単なる非現実的な空論に過ぎない。その代わりに、通貨と同じように、誰にでも使えるものとして流通するものとなろう。

しかし、それは、個人が社会に屈服するということである。社会に屈服することを拒み、真の理論を維持しようとしたら、理論家は孤独である他ない。なぜなら、「社会は己れを保持する為に、一種非人間的な組織を持たざるを得ないし、多数の人々がこの機構にからまれて浅薄な関係を結び合ひ、架空な言葉を交換し合ふ強い習慣をどうにも出来ないからだ」（「Xへの手紙」〔昭和七年〕、第二巻P96）。

真の思想はその思想家個人の経験から切り離すことができない人間的なものであるが、集団や社会とは非人間的な機構である。そして、思想の扱いは文学の領域に属し、社会の扱いは政治の領域に属する。文学の領域と政治の領域は、混ざり合うべきではない。社会における支配的思想などというものはあってはならない。なぜならば、思想は、あくまでも個人に存するべきものだからだ。社会における支配的思想などというものは、非人間的なものである。そういう非人間的な支配的思想を「イデオロギー」と言う。

第五章で論じるように、小林は、戦後、政治について、文学と対比しつつ、このように論じたのだが、この小林の政治学は、昭和七年の「Xへの手紙」において既に現れていた。「Xへの手紙」における政治学に光が当てられることは稀であるので、長くなるが、該当箇所を引用しておく。この後の小林は、ここに書かれた政治学を繰り返し語ることになる。

今日既に老衰した資本主義の社会機構は、老衰の故に不必要な数々の詭計《きけい》を弄《ろう》し、又この詭計の故にいよいよ不必要に複雑となつた。誰ももうこれ以上この複雑に堪へられない。堪へ切れないでもつと簡明なもつと人間的な社会機構の到来を熱望してゐる。この熱望は正当である。だがかういふ時期に生れる支配的思想は当然極端に政治的であり、又その故に殆ど解きほごし難い欺瞞《ぎまん》に充ちてゐる事も動かす事が出来ない。

政治とは理論の仮面を被《かぶ》つた一種の賭博である。こゝには正当な意味で質の問題も量の問題もない。正当な意味で正しさもなければ嘘もない。或る同じ傾向の感情が政治的に矛盾した様々な教義となつて現れる。或る一つの政治的教義が、生活的に矛盾した様々な感情を満足させる。

俺達は今何処《どこ》へ行つても政治思想に衝突する。何故うんざりしないのか、うんざりしてはいけないのか。社会の隅々までも行き渡り、誰もこれを疑つてみようとは思はない。ほんの少しでも遠近法を変へて眺めてみ給《たま》へ。これが、俺達の確実に知つてゐる唯一つの現実、限りない瑣事《さじ》と瞬間とから成り立つた現実の世界に少しも触れてはゐない事に驚く筈《はず》だ。この思想の材料となつてゐる極めて不充分な抽象、民族だとか国家だとか階級だとかいふ概念が、どんなに自ら自明性を広告しようと或は人々がこの広告にひつかゝらうと、人間は嘗《かつ》てそんなものを一度も確実に見た事はないといふ事実の方が遥かに自明である。

> 政治の取扱ふものは常に集団の価値である。何故か（この何故かといふ点が大切だ）。個人の価値に深い関心を持つては政治思想は決して成り立たないからだ。こゝにこの思想の根本的な或は必至の欺瞞がある。この必至の欺瞞の為に、政治は自然の速度を加減しようといふ人間的暴力によつて始り乍ら、いつも人間を軽蔑する物質的暴力となつて終るのである。
>
> 　俺は人間の暴力を信ずるが物質の暴力を信じない。だから俺は政治の理論にも実践にもなんの積極的熱情を感じないのだ。俺はどんな党派の動員にも応じない。俺は人を断じて殺したくないし人から断じて殺されたくない。これが唯一つの俺の思想である。だから必度《きつと》流れ弾にあたつて犬の様に死ぬだらう。流れ弾なら何処から打ち出した弾であらうと同じ事だ。人々は俺を懐疑派と言ふかも知れぬ、だが俺にしてみれば俺は単に素朴なのだ。卑怯者と呼ぶかも知れぬ、だが俺としては、単に忍耐してゐるだけなのだ。併《しか》し俺が俺のこの唯一の思想にたよつて政治といふものの性格を嫌悪するのを誰も妨げまい。更に又この政治の性格を思つてみた事のない八卦屋《はつけや》的予言者の群れが、己れの優越を悪疫の様に人々にうつしてゐる風景を嫌悪するのを誰も妨げまい。（「Xへの手紙」〔昭和七年〕、第二巻P97－98）

「Xへの手紙」が発表された昭和七年とは、昭和恐慌・世界恐慌の真《ま》っ只中《ただなか》であり、井上準之助や團琢磨《だんたくま》が暗殺される血盟団事件が起きるなど、政治経済はまさに危機的な状況にあった。

危機とは、複雑で不確実な状態である。その複雑さと不確実さに堪えられない人々は、状況を安易に説明してくれる都合の良い思想を求める。厳しい現実から目を逸《そ》らさせてくれる観念である。それが「支配的思想」すなわちイデオロギーである。

　イデオロギーは、政治に奉仕する。だが、政治とは、非人間的な社会機構を取り扱うものである。その政治に奉仕するイデオロギーもまた、非人間的なものにならざるを得ない。小林は、イデオロギーという、政治に汚染されて非人間化した擬似思想を警戒し、嫌悪していた。

　ここで気を付けなければならないのは、小林が「俺は政治の理論にも実践にもなんの積極的熱情を感じない」と言っているのをもって、政治を軽蔑しているとか、政治の現実から逃げて文学の世界に引きこもったなどとみなしてはならないということだ。

　政治は、危機を克服し、秩序を取り戻そうとする営為であり、それはそれで必要である。他方、文学は、政治経済的な危機とそれに伴う精神の危機という現実から目を逸らさず、それを表現することである。小林は、政治ではなく、文学の任を担おうとしたのであって、政治の任に当たる者を否定したわけではない。小林が拒否したのは、あくまで、危機という現実から目を逸らさせるためにイデオロギーを利用するような政治である。

「Xへの手紙」と同年に発表された「年末感想」の中で、小林は、こう書いている。

一般経済の危機、政治の危機を眺めて、これらと同列になぜ精神の危機を置いてみないのか。今日の社会の物的混乱が殆ど怪物的な姿をしてゐるならば、物質のうちで最も傷つき易《やす》い精神の姿は一層怪物的な姿に見える筈《はず》ではないか。

成る程精神の錯乱は社会の物的錯乱の反映に過ぎぬ。己れの受けた痛手を己れの眼で見ようとする今日の精神の逼迫《ひっぱく》も、外的事象の逼迫の反映に過ぎまい。だが精神は依然として物質と呼ぶには余りに精神的な或るものであり、事実と称するにはちと精妙すぎる事実である。精神の生み出す思想は、刻々に変化する。だが精神の原理的位相は変りはせぬ。

外的無秩序を改変しようとする人間の希望を尊敬しよう。又この希望に色どられた精神を透して外的無秩序を点検する人達を尊敬しよう。だがこの仕事は必ずしも文学者の手を要しない。だが、精神を精神でぢかに眺める事、いかなる方法の助力も借りずに、精神の傷の深《しん》浅《せん》を測定する事、現に独創的に生きてゐる精神で、精神の様々な姿を点検する事、一言でいへば最も現実的な精神の科学、この仕事を文学にたづさはる人々がやらないで誰がやるか。

（「年末感想」〔昭和七年〕、第一巻P226－227）


政治経済の危機と精神の危機にあって、小林は、政治経済の危機は政治の領域に任せて、自分は、文学の領域から、精神の危機に処すると宣言している。

そういう小林がドストエフスキーに惹《ひ》きつけられたのは、必然であったように思われる。

第二章　歴史

■歴史の方法

「ドストエフスキイの生活」の序において、小林は、自らの歴史観を、驚くほど簡潔かつ明瞭に表している。もし、それを難解だとか曖昧だとか感じるとしたら、それは、例によって、小林が言おうとしたことが「当り前な事」であり、そして「当り前な事」というものが難しいからであろう。

「当り前な事」とは「凡《すべ》ては永久に過ぎ去るといふ事」（「ドストエフスキイの生活」〔昭和十～十二年〕、第五巻P11）であり、そして、歴史とは、「凡ては永久に過ぎ去る」にもかかわらず、その過去を保存しようとすることである。

確かに当たり前なことであろう。しかし、歴史とは何か。永久に過ぎ去るものを保存するとは、どういう営みであるのか。そもそも、なぜ、過去を保存したいと願うのか。そう問われたら、これに答えるのは容易ではない。ことほどさように、「単純な事実を語る事は、複雑な理論を語る事よりも、遥かに困難なわざ」（「アシルと亀の子Ⅳ」〔昭和五年〕、第一巻P56）なのである。

それにもかかわらず、小林は、この「歴史」という難解であるが「当り前な事」の意味を、子供を失った母親の例を用いて、これ以上ないほど見事に明らかにしてみせた。

　子供が死んだといふ歴史上の一事件の掛替《かけが》への無さを、母親に保証するものは、彼女の悲しみの他はあるまい。どの様な場合でも、人間の理智は、物事の掛替への無さといふものに就《つ》いては、為す処を知らないからである。悲しみが深まれば深まるほど、子供の顔は明らかに見えて来る、恐らく生きてゐた時よりも明らかに。愛児のさゝやかな遺品を前にして、母親の心に、この時何事が起るかを仔細に考へれば、さういふ日常の経験の裡に、歴史に関する僕等の根本の智慧を読み取るだらう。それは歴史事実に関する根本の認識といふよりも寧《むし》ろ根本の技術だ。其処《そこ》で、僕等は与へられた歴史事実を見てゐるのではなく、与へられた史料をきつかけとして、歴史事実を創つてゐるのだから。この様な智慧にとつて、歴史事実とは客観的なものでもなければ、主観的なものでもない。この様な智慧は、認識論的には曖昧だが、行為として、僕等が生きてゐるのと同様に確実である。（「ドストエフスキイの生活」〔昭和十～十二年〕、第五巻Ｐ16）

「物事の掛替への無さ」あるいは「一度起つて了《しま》つた事は、二度と取返しが付かない」（「ドストエフスキイの生活」〔昭和十～十二年〕、第五巻Ｐ15）という恐ろしい時間感覚。この時間感覚が母親に子供を失った悲しみをもたらすのであり、母親は遺品からその子を思い出すのである。もちろん、子供を失うことを経験した母親というものは、大勢いるだろう。だが、それぞれの母親にとって子供はかけがえのない存在なのであり、その子の死によって母親が経験する悲しみには、一つとして同じものはない。「子供を失つた母親に、世の中には同じ様な母親が数限りなくゐたと語つてみても無駄だらう」（「ドストエフスキイの生活」〔昭和十〜十二年〕、第五巻P15）。

そして、歴史とは、この子を失った母親の経験のようなものだと小林は言うのである。

人間が過去の事件に重大な関心を寄せ、それを記憶しようとするのは、一回きりで取り返しがつかないという恐ろしさの感覚が根源にあるからだ。そして、母親が遺品から死んだ子の顔をありありと思い浮かべるように、残された史料から過ぎ去った一回きりのはずの事件を再現しようと、想像力を働かせる。これが歴史である。

要するに、歴史とは、過去を思い出すという日常の生活経験と根本的に同じ営為なのである。

前章において述べたとおり、生活経験においては、主観と客観は未分化の状態にある。子供を失うという事件に遭遇した母親の経験もまた、主観と客観とには分かれていない。子供が死んだという客観的事実から母親の悲しみという主観を切り離してしまっては、子供の死という事件がもつ真の意味を理解できなくなるだろう。子供の死という事件は、子供の死とその母親の悲しみのことなのである。

歴史という経験においても、主観と客観は分かれていない。そもそも、過去の事実という現在には存在しないものを再現するのは、想像力という主観の働きによるものである。その意味で、歴史とは、主観が創造したものである。

ただし、歴史は、神話や空想小説のような、完全な想像上の産物とは違う。というのも、歴史は、史料に根拠をもたなければならないからだ。「歴史は神話である。史料の物質性によつて多かれ少かれ限定を受けざるを得ない神話だ」（「ドストエフスキイの生活」〔昭和十～十二年〕、第五巻P14）。

歴史上の事実とは、史料という客観の上に主観が創造したものだから、「客観的なものでもなければ、主観的なものでもない」のである。歴史とは、主観と客観とが分かれていないものであるから、「認識論的には曖昧」であるが、「行為として、僕等が生きてゐるのと同様に確実」だというのである。

歴史とは、行為であり、生である。これが小林の歴史観であった。この歴史観が否定しているのは、言うまでもなく、歴史を客観的事実とみなし、その歴史に法則を見出そうとする（マルクスというよりはマルクス主義の）「唯物史観といふ擬科学」（「ドストエフスキイの生活」〔昭和十～十二年〕、第五巻P17）である。

歴史を客観的なものとみなす唯物史観の過ちは、どこにあるのか。それを明らかにするために、小林は、「時間」というものの意味を問い直す。

自然世界における「時間」とは、時計が示すような、物理的な四次元としての時間を意味する。

ところが、時間には、物理的・客観的な自然の時間の他に、人間にとっての時間というものがある。例えば、放心している時の時間は短く感じられるが、期待している時の時間は長く感じられる。これが人間の時間である。人間の時間は、自然の時間という客観に、放心したり期待したりする主観が重なったものである。それは、日常経験における時間である。

同じ時間なのに長さが違って感じられるなどというのは、心理的な錯覚に過ぎないと言われる。だが、その錯覚を是正したら、放心も期待もあり得なくなってしまうであろう。

つまり、この時間感覚は、単なる心理的錯覚ではない。放心している時は短くなり、期待している時は長くなるという、主観と客観が未分化の時間こそが、人間にとっては確かな時間なのである。

そして歴史という時間は、言うまでもなく、人間の世界における時間である。自然の世界における時間では、過去を現在によみがえらせるなどというのは不可能である。しかし、人間の世界では、その不可能を「思い出す」という行為によって可能にしようとする。自然の世界においては不可能だとわかっていても、やるのだ。自然における不可逆な時間という客観に、「思い出す」という主観が重なることで、「かけがえのない」「取り返しがつかない」という人間の生における時間となる。それが、歴史である。

唯物史観の致命的な誤りは、歴史から主観を排除して、客観だけを抽出しようとしたことにある。そうすれば、歴史学は、自然科学のような学問になると信じたからであろう。しかし、歴史から主観を排除したら、それはもはや歴史ではない。

ただし、念のために述べておくと、唯物史観の客観的歴史を否定したからと言って、小林のことを、歴史を主観の産物とみなす観念論者だと解釈してはならない。「かけがえのない」「取り返しがつかない」「一度きり」という歴史の時間感覚は、自然における不可逆な物理的・客観的時間があるからこそ成り立つものだからである。だから、歴史は、「客観的なものでもなければ、主観的なものでもない」。客観的時間と主観的時間の両方である。歴史とは、客観的な時間の不可逆性という制約の中にある主観的時間のことだと言ってもよい。

だが、小林の考察は、自然の時間と人間の時間、自然科学と歴史学とを分ける議論にとどまらず、次のように書く。

日時計の時間が、若干《じゃっかん》の自然常数を単位とする時間に移り行くまでに、人間が自然の時間の究明に費した努力は莫大なものであらう。この努力は疑ひもなく自然を人間から出来るだけ疎外する方向を辿つて来た。僕等の側から自然への通路と僕等が見誤るものを出来るだけ取除《とりのぞ》かうと努力して来た。そして今日僕等は、自然の最も客観的な正確な姿として、まことに精緻な物理学的世界像を前にするに至つたのであるが、僕等は、この像が、依然として巨大なジレンマを孕んでゐる事に気が附くだらう。次の質問は僕等に必至である。其処で成功してゐるのは、鏡に映つた自然の方なのかそれとも鏡を磨いた人間の方なのか、と。

　唯物論者は、自然の方だといふだらうし、観念論者は人間の方だと言ふであらう。併し、質問の面白さに比べれば、解答なぞは何物でもない。（「ドストエフスキイの生活」〔昭和十〜十二年〕、第五巻P19）

　自然科学の著しい進歩によって、我々は、人間の主観などという不安定なものの入る余地のない、客観的な自然世界を知ることができるようになった。確かに、客観的な自然世界は実在する。だが、人間的な要素を排除し、自然世界の客観的な認識を可能にした自然科学というものもまた、れっきとした人間による行為である。人間的な要素を排除しなければ成功しない人間の行為、これが自然科学の孕む「巨大なジレンマ」である。

　結局のところ、人間は、自然科学によっても、主観と客観が未分化である生から逃れることはできないのである。

　歴史とは、生であり、行為である。歴史においても、生活実践同様、主観と客観とに分割することはできない。だが、前章において述べたように、生活実践そのものは理論ではない。理論は、生活実践を出発点としつつ、言葉によって構築されなければならない。それと同じように、歴史が生であるならば、歴史哲学は、歴史そのものではなく、歴史を出発点として構築される理論であろう。

> 歴史といふ言葉は、無論学問が作つた言葉ではない。僕等の生そのものが歴史ならば、歴史哲学の素材は僕等の生に他ならない。そして歴史哲学は、この素材を、自然科学の場合の様に、学的操作に好都合な死物に変ぜず、出来るだけこの素材の生物としての困難さを尊重し、其処に意味とか価値とかいふものに関する、言はば自然の必然性より遥かに高次な必然性を究明しようとする。而もこの仕事は、厳密に理論的な一体系の裡に表現される事を要する。（「ドストエフスキイの生活」〔昭和十～十二年〕、第五巻P20）

　ただし、歴史を出発点として歴史哲学を構築するというのは、極めて困難な仕事であると小林は言う。なぜなら、そもそも、歴史哲学の出発点であり、素材である「歴史」というものを解釈することが難しいからだ。

そこで、小林は、まずは歴史の解釈とは何かという議論から始める。手掛かりとなったのは、やはり、母親が亡くした子の姿をその遺品から思い出すときのやり方であった。

> 僕は一定の方法に従つて歴史を書かうとは思はぬ。過去が生き生きと蘇る時、人間は自分の裡の互に異る或は互に矛盾するあらゆる能力を一杯に使つてゐる事を、日常の経験が教へてゐるからである。あらゆる史料は生きてゐた人物の蛻《もぬけ》の殻《から》に過ぎぬ。一切の蛻の殻を信用しない事も、蛻の殻を集めれば人物が出来上ると信ずる事も同じ様に容易である。立還《たちかえ》るところは、やはり、さゝやかな遺品と深い悲しみとさへあれば、死児の顔を描くに事を欠かぬあの母親の技術より他にはない。彼女は其処で、伝記作者に必要な根本の技術の最少限度を使用してゐる。困難なのは、複雑な仕事に当つても、この最少限度の技術を常に保持して忘れぬ事である。要するに僕は邪念といふものを警戒すれば足りるのだ。（「ドストエフスキイの生活」〔昭和十〜十二年〕、第五巻Ｐ21）

ここで小林は「邪念というものを警戒すれば足りる」と言っているが、邪念とは、何のことであろうか。

「様々なる意匠」の発表によって批評家としての道を歩み始めたばかりの頃、小林は、「批評するとは自己を語る事である、他人の作品をダシに使つて自己を語る事である」（「アシルと亀の子Ⅱ」〔昭和五年〕、第一巻Ｐ46）と言っていた。小林の批評とは、「様々な評家が纏《まと》つた様々な意匠に対する反駁文」という消極的な方法をとることで、何らかの意匠によらない「裸体」としての自己を表現することであった（「私信」〔昭和十一年〕、第五巻Ｐ203－204）。

ところが、そういう消極的な形での批評を続けていくうちに、小林は「もう充分だといふ気がして来」たという。そして「本当の批評文を書く自信が次第に生れて来るのを感じて来」たという（「私信」〔昭和十一年〕、第五巻Ｐ204）。こうして、小林は、ドストエフスキーに取り組んだ。

小林は言う。「僕は彼の姿をいさゝかも歪めてみようとは思ひません。又、歪めてみようにも僕にはその力がありません。彼の姿は、読めば読むほど、僕の主観から独立して堂々と生きて来るのを感じます。すると僕はもはや批評といふ自分の能力に興味が持てなくなる、いやそんなものが消滅するのを明らかに感じます」（「私信」〔昭和十一年〕、第五巻Ｐ204）。

ここで、小林は、批評という自分の能力が消滅するのを感じたと吐露している。これは、ドストエフスキーを批評家という立場から批評したのではないということだ。小林は、ドストエフスキーを歴史家という立場から解釈したのである。

すでに述べたとおり、歴史とは、主観と客観が分けられなくなる経験である。小林の「主観」がドストエフスキーという「客観」との一致に近づけば近づくほど、ドストエフスキーの姿が我が事のように思われ、「生き生きと蘇る」「堂々と生きて来る」ように感じられてくる。この経験こそが、歴史を解釈するということである。実際、小林によるドストエフスキーの作品論は、江藤淳が言うように、小説の主人公とドストエフスキーと小林とが渾然一体となったような書きぶりや、小林の「空想」が織り交ぜられている（江藤淳「解説」、第六巻P343―350）。『白痴』の登場人物イポリットの告白を「幾度も読んでゐるうちに、自ら頭の中に出来上つたところを、本文も殆ど参照せずに書いてゐる」（「『白痴』についてⅡ」〔昭和二十七年〕、第六巻P308）という箇所もある。

こうして、小林が警戒した「邪念」とは何であったかも明らかとなろう。それは、他でもない、「批評」しようとすることである。すなわち、「他人の作品をダシに使つて自己を語る事」である。小林は、ドストエフスキーの作品をダシに使って自己を語ることを、つまり「批評」を自ら固く禁じたのである。

そのことは、歴史という行為が、母親が亡くした子を想って悲しむことと根本的に同じだということを想起すれば、なおはっきりする。母親の悲しみが、亡くした子をダシに使って自己を語ることであるはずがないからだ。

こうして、「様々なる意匠」によって批評家として出発した小林は、それから六年後、「ドストエフスキイの生活」によって歴史家となったのである。[9]

■ドストエフスキーとその環境

「雲が雨を作り雨が雲を作る様に、環境は人を作り人は環境を作る」。これが現実であるならば、環境の理解を徹底すれば人の理解に至り、人の理解を徹底すれば、環境の理解に至ることになる。

環境と人との関係は、お互いを作り出す無限の循環である。その循環を、例えば、マルクスは左から回り、ドストエフスキーは右から回ったとも言えるであろう。マルクスが社会科学者であるならば、反対回りのドストエフスキーもまた社会科学者である。

9　後に、小林は「政治と文学」の中で、「私は機会ある毎に、歴史に関する自分の考へを書いて来ましたが、歴史家としても歴史哲学者としても物を言つた事はありませぬ」（「政治と文学」〔昭和二十六年〕、第九巻P72）と述べているが、ここで言う「歴史家」「歴史哲学者」とは、ヘーゲル主義であれマルクス主義であれ、歴史を発展図式的にとらえるような歴史家・歴史哲学者のことを指している。小林は、そういう進歩史観とは別種の歴史観を以てドストエフスキーを研究したのであり、その意味で、私は小林が「歴史家」になったと言っている。

ドストエフスキーは、登場人物の心理を無意識の水準まで掘り下げて精密に描写していることから、フロイトの精神分析の先駆をなすものとして高く評価されることがある。しかし、小林は、ドストエフスキーの精神分析の巧みさを認めつつも、彼を心理学者と評価して満足することには我慢がならなかった。「成る程彼の描いた人物のうちには、殆ど人間的意識とは称し難い意識状態にある人物がある。無意識の権化の様な人物がある。併しこの様な人物の意識もその人物が人間である限り、社会的現実的な意味を帯びざるを得ない。彼の炯眼《けいがん》はいつもその点を正確に突いてゐるのであります」（『ドストエフスキイの精神分析』〔昭和十一年〕、第五巻P206）。

人間の生とは、その人間自身と彼が生きた環境の両方のことである。ドストエフスキーは、そのことをよく理解していた。したがって、ドストエフスキーの人物描写は、その人物が生きた社会的現実の描写でもある。その意味において、ドストエフスキーは、ある種の社会科学者なのである。

それればかりではない。ドストエフスキーの文学そのものからして、彼が生きた十九世紀のロシアという環境と密接不可分である。ドストエフスキーの文学を理解することは、当時のロシアという特殊な環境を理解することでもある。

とりわけ重要だったのは、十九世紀ロシアに特有の政治経済的な環境であった。その特殊な政治経済的な環境、そしてその環境からインテリゲンチャというロシア独特の知識人階級が生み出された経緯に関する小林の分析は、簡にして要を得ている。

ニコライ一世治下に於ける、この国の工業の急速な発達は、既に国内市場の発達を凌駕《りようが》するに至つてゐた。農奴解放は、西欧ブルジョア君主国憲法への羨望の声を越えて、農奴を解放しなければ、市場の拡張は不可能だといふ実際問題となつて現れてゐた。事実、工場主等は、自由雇傭労働者を必要とするところから、既に三〇年代には工場内の農奴労働者を解放し始めてゐたのだが、当時の微々たる工業資本主義は、地主と商人との協力によつてなつたこの強い伝統的制度に到底歯が立たなかつた。ニコライは当然最も簡明容易な道を選んだ。露骨な外交政策による、国外市場の占領である。

こゝにロシヤが十九世紀を通じて苦しまねばならなかつた独特な矛盾、即ちブルジョアジイの発達にとつて、君主政体のみならず君主独裁すら必要とするといふ矛盾が胚胎《はいたい》した。

（中略）

皇帝の独裁を甘受せざるを得なかつた当時の薄弱な工業資本主義も、その市場の獲得とともに産業の組織に必須なインテリゲンチャを必要とした。この不自然な必要から生れたロシヤのインテリゲンチャの頭脳に先づ棲息したものが西欧の革命的ブルジョアジイの夢であり、又この夢が先づ否でも眺めざるを得なかつたものが、ニコライ一世の「憲兵団」であつた事を思へば、当時ロシヤのインテリゲンチャの強ひられた不幸はほゞ諒解するに難くない。
（「ドストエフスキイの生活」〔昭和十～十二年〕、第五巻P39－40）

この特殊な歴史的環境が、ロシアの政治思想を独特の形にした。この政治的な背景を知っておかなければ、ドストエフスキーが何を背負い、何に苦しんでいたのかを理解することはできない。

ツァアの独裁してゐたロシヤは、西欧のルネッサンスも宗教改革も経験しなかつた。この大経験以後蓄積された西欧の教養は、十八世紀に至つて、リベラリズム、ナショナリズム、ソシアリズムと言ふ様な政治思想として実を結んだのであるが、さういふ革新的な思想が、ロシヤに入つて来たのは、十九世紀半ばである。そして、これを受けとつた、役人にも軍人にもなりたくなかつたインテリゲンチャは、旧態依然たる独裁国家に暮してゐたのです。政治行動は無論の事だが、政治思想の発表にも自由はなかつた。政治思想ばかりではない、あらゆる新思想が、政府の監視の下にあつた。哲学さへ国家にとつては危険な学問であつた。ベルリン大学で、ヘエゲルを専攻したツルゲネフが、哲学者として身を立てる事が出来なかつたのも、帰国してみれば、大学の哲学科は禁止されてゐたが為だ、といふ風な有様《ありさま》で、外来の新思想に掻《か》き立てられたインテリゲンチャの燃え上る想ひは、もつぱら文学或は文学批評のうちに集中されたのです。あらゆる思想問題が、文学のうちに渦巻いた。トルストイやドストエフスキイの文学が背負つてゐる様な大きな思想の重荷は、他の何処《どこ》の国の文学にも見られぬものですが、これは、両作家の天才の力からだけでは説明がつかない。彼等は、十九世紀ロシヤ文学者達に共通の重荷を負つた、力が強かつたから背負ふ分量も大きかつたといふ事なのです。ロシヤの近代思想史とは即ちロシヤ近代文学史の事である。更に、ロシヤの近代文学史とは、とりも直さずロシヤのインテリゲンチャ史なのである。インテリゲンチャといふ言葉は、ロシヤ語であります。（「ドストエフスキイ七十五年祭に於ける講演」〔昭和三十一年〕、第五巻P246）

　ここで小林が言う「旧態依然たる独裁国家」とは、「中産階級といふ中間地帯のないロシヤの歴史の構造」（「ドストエフスキイ七十五年祭に於ける講演」〔昭和三十一年〕、第五巻P270）のことである。そして、この「中間地帯」とは、政治理論の概念を用いて言えば、「市民社会」のことである。

「市民社会」とは、無数の社会集団や共同体といった「中間団体」から構成される社会のことである。人間は、何らかの自律的な社会集団や自治的な共同体に帰属することで、国家権力に支配されない自由な領域を確保する。あるいは、個人は、中間団体を通じて、国家に対して権利を要求する。

中間団体は、自由を担保する制度である。この中間団体の分厚い層から成る社会が、市民社会なのである。

西欧の自由主義思想は、この国家と個人の中間地帯である市民社会を制度的な基盤として成立したと言ってもよい。もし、市民社会という緩衝《かんしょう》地帯がなければ、個人は、むき出しの国家権力の前に無力となり、国家に隷従《れいじゅう》するしかなくなるであろう。

この自由主義に不可欠の環境条件とされる市民社会なるものは、歴史社会学的には、封建社会を基礎とするものであった。封建社会では、貴族、教会、ギルドといった自治的な組織や団体が存在し、君主による専制的な支配を阻んでいた。西欧の市民社会は、こうした封建社会を前身として成立した。イギリスがその典型である。[10]

近代的な市民社会は、封建社会を破壊することで成立すると思い込んでいる者は今でも多いが、実際には、市民社会は、封建社会を経験した国から派生したのである。

10　Brian M. Downing, *The Military Revolution and Political Change: Origins of Democracy and Autocracy in Early Modern Europe*, Princeton, Princeton University Press, 1992.

これに対して、ロシアは、歴史的に専制国家であり、西欧のような封建制度が存在しなかった。ロシアでは、国家と個人との間に存在し、国家権力に対抗する中間団体というものがないに等しかったのであり、個人は国家権力の前に非力であった。要するに、自由の歴史的・社会的条件を欠いていたのであり、それゆえロシアには独裁国家しか成立しえないのである。

小林は、このことをよく分かっていた。戦後、小林は、「ソヴェトの旅」の中で、こう語っている。

左翼の人々は、頭から、封建主義の悪口ばかり言ひますが、ロシヤの専制国家は、国民の間から、極めて自然に発生して来る封建制度といふものさへ、許しはしなかつたのです。国民的教養の分化による普及といふ歴史的役目を果した封建制度といふものは、ロシヤにはなかつた。西欧の騎士道も日本の武士道も、ロシヤ人には、何んの事やらわかりはしない。さういふ国家内に生を享《う》けて、文学者が近代的な自覚を持つとは、どういふ事であるかを、ロシヤの十九世紀文学は、はつきりと語つてゐるので、これは、言はば国民のゐない国家に対する怒りと悲しみといふ、異様に孤独な烈《はげ》しい形をとつてゐるのです。（「ソヴェトの旅」〔昭和三十九年〕、第九巻P298－299）

市民社会という自由を担保するはずの制度的基盤を欠いたところに、西欧から自由主義をはじめとする政治思想だけが流入したところで、ロシアの政治的現実には定着しえない。結局、自由は、ロシアでは、インテリゲンチャが抱いた観念にとどまるしかなかったのだ。

自由を担保するはずの市民社会が未熟なロシアでは、国家権力に対抗して自由を実現しようにも、それができない。それでもなお、国家から自由を勝ち取ろうとするならば、過激な暴力的手段に訴えるしかない。

このことは、次のように言うこともできる。

成熟した市民社会が存在する西欧では、政治思想を表明し、それを議論する市民社会という場がある。政治思想家は、言論に訴えて自己を主張することができるならば、過激な直接行動には出ないであろう。また、政治思想も、市民社会における熟議を通じて、次第に穏健化し、実際的なものになっていくであろう。

ところが、そういう思想を穏健化する市民社会という場を、ロシアのインテリゲンチャは与えられていなかった。だから、ロシアでは、西欧から来た政治思想が、市民社会を通じて穏健化されることなく、元々の過激さを残したまま受容されてしまったのだ。しかも、ロシアのインテリゲンチャたちは、自由な言論を許されていなかった。残された活路は、革命やテロリズムといった過激な直接行動に訴えることだけである。

さらに不幸なことに、彼らは、自分たちの思想や教養が外国からの輸入品に過ぎず、本来の自分たちのものではないという劣等感に悩まされるようになった。

ロシヤの十九世紀のインテリゲンチャは、己れの教養や才能を発揮する社会的条件の欠除の故に苦しんだばかりではない、やがて時が経つにつれて、己れの教養が外来品である事、ロシヤの土地に育つたものではないといふ意識に苦しめられる様になつた。プウシキンやレルモントフの悩みは、ドストエフスキイやトルストイの悩みに成長するのです。西欧から得た革新的な教養に照せば、独裁政府は、まさしく、愚劣と不正としか表現してゐないが、黙して語らぬ幾千万のロシヤの民衆は、何を表現しようとしてゐるのか。これは、十九世紀も半ばになると、すべてのインテリゲンチャを襲つた問題であり、当時の文学界に現れた国粋派と西欧派との大論争は、インテリゲンチャの教養の不安定を如実に語つてゐるのです。例へば、ヴォルテエルは、フランスの百姓より教養の度が高かつただけで、教養の根が百姓と異つてゐたわけではない。彼はエリット（社会の選良）だつたのである。チェルヌィシェフスキイの教養は、農民《ムジック》の教養とは質を異にしてゐた。彼は、革命的インテリゲンチャだつたのである。同じ意味で、ドストエフスキイもトルストイも、外見にまどはされずにはつきり見るなら、無政府主義的インテリゲンチャだつたのであります。トルストイの家出問題も、かういふ事情に深い関係があります。（「ドストエフスキイ七十五年祭に於ける講演」〔昭和三十一年〕、第五巻P248―249）

西欧の文化に対する劣等感に悩んだロシアのインテリゲンチャたちにとって問題となったのは、「ナロオド」というロシアの土着の民衆（農民）という観念であった。彼らは、自分たちの思想や教養が西欧からの輸入品であって、ナロオドと共有するロシアの文化伝統に根差したものではないという強迫観念に駆られていた。つまり、インテリゲンチャたちは、自分たちがロシアの民衆からは浮いた存在であるという不安に襲われていたのである。

ドストエフスキーは、ロシアの民衆という観念を信じていた。しかし、彼もまた、実際の民衆というものをまったく知らないインテリゲンチャの一人に過ぎなかったから、その民衆の観念は、言葉による理想にとどまり、実際性を欠いていた。

ドストエフスキイの眼前にはいつも民衆が在つた。だがそれは確かに在つたのか。彼が力の限り叫ぶロシヤの民衆とは、言ふ迄もなくロシヤの農民だ。では農民は確かに彼の眼前にあつたのか。周知の様に、彼の作品に尋常な農民は遂《つい》に姿を見せなかつた。これほど明瞭に、彼が農民に関する実際的な知識を持つてゐなかつた事を証明してゐるものはない。彼は芸術家として、自分には農民は遂に未知のものであつた、謎であつた、と誰憚《はばか》る処なく公言してゐるのに他ならぬ。では何が在つたのか、言葉が在つたのだ、ナロオドといふ言葉が。而もこの言葉は彼が手に触れ眼で眺める人間の様に生きてゐた。（「ドストエフスキイの生活」〔昭和十〜十二年〕、第五巻P165—166）

ドストエフスキーは『作家の日記』の中で、「現代の混乱状態」という表現を用いているが、彼が見た現代ロシアの混乱とは、インテリゲンチャと民衆の間の断絶のことであった。

しかし、ドストエフスキーにとって「『現代ロシヤの混乱』は観察し分析し批判さるべき対象であつたといふより、寧《むし》ろ常に彼の創造の場所として先づ信じなければならないものであつた。（中略）インテリゲンチャと民衆との握手といふ様な事を思案したのでもない。彼はどの様な立場から現実を眺めようとしたのでもなく、ひたすら現在の不安、現在の混乱の犠牲とならうと希つただけである。この様な自信は何処から生れたか。それは『現代ロシヤの混乱』なるものが誰よりもはつきり彼には見えてゐた。その見えてゐたといふ一事にあるのだと僕は信ずる」（「ドストエフスキイの生活」〔昭和十〜十二年〕、第五巻P168）。

つまり、こういうことだ。

十九世紀ロシアは、市民社会を欠いた政治構造であったがゆえに、ロシアの土着の文化から高度な政治思想が育たなかった。このため、ロシアのインテリゲンチャたちは西欧から政治思想を輸入せざるを得ず、その舶来の政治思想は、ロシアの民衆と何ら共有できるようなものではなかった。こうして、ロシアのインテリゲンチャと民衆との間には、深い断絶が生じた。

言い換えれば、ロシアでは、インテリゲンチャが抱く「理論」は、民衆の生活という「実践」との結びつきが極めて希薄なのである。そのようなインテリゲンチャの「理論」が「実践」されると、それは実際性を欠いた極端なものとならざるを得ない。無政府主義者であれ、共産主義者であれ、ロシアのインテリゲンチャたちが素朴で過激な行動に走る傾向が強いのは、そのためである。

ドストエフスキーもまた、民衆の生活実践から遠いインテリゲンチャの一人ではある。ただし、彼は、インテリゲンチャと民衆の断絶というロシアの社会的現実に密着した。それによって、観念が社会的現実から浮き上がるのを防ぐという戦略をとったのだとも言えるかもしれない。

とは言え、ドストエフスキー自身もインテリゲンチャである以上、民衆の生活実践から浮き上がったインテリゲンチャという現実に密着すればするほど、自分自身が民衆から浮き上がっているという現実を直視せざるを得なくなる。「彼が当時のインテリゲンチャに発見した病理は、即ち己れの精神の病理である事を厭《いや》でも眺めねばならない様な時と場所に彼は生きねばならなかつた人である」（「ドストエフスキイの生活」〈昭和十〜十二年〉、第五巻P170）。
逆に言えば、ドストエフスキーが、民衆から隔絶したインテリゲンチャという自己を理解するのは、民衆とインテリゲンチャが隔絶したロシアの社会的現実を理解するのと同じだということである。

人間は社会的存在であるから、自己理解を徹底すれば社会理解に至るし、社会理解を徹底すれば自己理解に行き着く。「マルクスは社会の自己理解から始めて、己れの自己理解を貫いた。例へばドストエフスキイはその逆を行つたと言へる。私の眼にはいつもかういふ二人の達人の典型が交錯してみえる」（「マルクスの悟達」〈昭和六年〉、第一巻P109）。

マルクスが社会理論家であるならば、ドストエフスキーもまた社会理論家なのである。

■ロシア革命の政治学

「ドストエフスキイの生活」からおよそ二十年後、小林は、「ドストエフスキイ七十五年祭に於ける講演」の中で、極めて重要かつ興味深い指摘をしている。『罪と罰』の主人公ラスコーリニコフの名が、ラスコールというロシア正教から分離した異端派に由来するというのである。

ラスコールは、十七世紀のロシア正教による進歩的な改革に反発した、土着の古い宗教感情から発生したものである。「ラスコオルは、先づ宗教上の反動的勢力として生れたのであり、その信仰は、古い異教の性質も交へた無智なものであつたが、民衆の生活のなかでは、精神の糧《かて》としてはつきり生きてゐたものである」（「ドストエフスキイ七十五年祭に於ける講演」〔昭和三十一年〕、第五巻P256）。

すでに述べたように、ロシアの政治構造においては、国家と民衆の間に市民社会という中間地帯がない。それと同様に、ロシア正教という正式な国家宗教と、ラスコールという民衆の宗教感情との間にも、中間地帯がなかった。

国家と民衆の間をつなぐ中間地帯がなければ、国家と民衆の間の共通了解や相互理解は困難になる。国家と民衆は、互いに相手を自分の一部としてイメージできなくなるのである。そうなれば、両者は激しく敵対せざるを得なくなる。

ロマノフ王朝やロシア正教会は、ラスコールに苛烈な弾圧を加えた。これに対して、ラスコールは徹底抗戦を続けた。その抵抗は狂信的なもので、二万もの農民が妻子ともども納屋に籠り、自ら火を放って焼死するなどという事件まであったという。有名なステンカ・ラージンの乱も、このラスコールによる抵抗の一つであると小林は解する。

このラスコールによる極端な抵抗運動は、国家と民衆の間に中間地帯が不在であるというロシア独特の政治構造から生じたものである。ここに、ロシアの革命精神の本質がある。農民反乱を起こしたステンカ・ラージンやプガチョフのみならず、バクーニン、ネチャーエフ、そしてレーニンもまた、ロシアの市民社会を欠いた特異な政治構造が生んだロシア的な革命精神である、と小林は解釈した。

このロシアの政治構造が生み出す革命精神を理解しなければ、なぜ、ロシア革命があのような形で勃発したのかを理解することはできない。

よく知られているように、マルクスは、共産革命がロシアのような農業国家で起きるとは思っていなかった。唯物史観の理論によれば、歴史は生産力や生産関係の変化に照応して動くものであり、そして、共産主義社会は資本主義社会の発展の後に来る段階であるはずだからだ。このため、ロシア革命はパラドックスとして、唯物史観の歴史家たちを大いに悩ませた。

しかし、「図式的に歴史を眺めれば、そんなパラドックスも現れるでせうが、人間や歴史の側から見れば、どんな理論も一片の言葉に過ぎない。レエニンは、恐らく、パラドックスなど少しも感じてはゐなかつたでせう。レエニンの革命の成功は、彼が、誰にも増して、マルクシズムといふ言葉を、ロシヤ風に読んだ事にあつたのです」（「ドストエフスキイ七十五年祭に於ける講演」〔昭和三十一年〕、第五巻P268）。

小林は、ロシア革命という事件を、中間地帯なき専制国家という、ロシア固有の歴史的な社会構造によって説明しているのである。これは、マルクス主義とは異なる、堂々たる歴史社会学的な理論である。

さらに言えば、小林は、ロシア革命を、非連続的な「革命」とは見なしていないという点においても、マルクス主義とはまったく異なっている。小林の理解では、革命精神はむしろロシア人の伝統なのであり、レーニンは、その伝統の体現者である。そして、ロシア革命とは、極めてロシア的な現象なのである。

市民社会を欠いた専制国家という政治構造の中では、ロシアの政治思想は、熟議や実践を通じて穏健化したり、あるいは実際的なものに改良されたりすることがなく、純粋なままの状態で表現される。その姿は、政治思想というよりはむしろ、文学であった。

「ロシヤの革命的政治思想家達は、彼等の意に反して、すべて文学者であつた、文学を呪ふ文学評論家であつた」（「ドストエフスキイ七十五年祭に於ける講演」〔昭和三十一年〕、第五巻Ｐ268）。

その意味で、レーニンという革命的政治思想家は、文学者であった。裏返して言えば、ドストエフスキーという文学者は、革命的政治思想家であったということになる。ドストエフスキーの作品を理解するということが、彼の、そしてロシアの政治思想を理解するということになるのも当然なのだ。

■実際と現実

小林は、ドストエフスキーに迫ろうとして、彼の作品だけでなく、彼が生きたロシアの社会条件や政治環境にも考察を及ぼした。「環境は人を作」るはずだからである。

しかし、これは重要なことであるが、小林は、「ドストエフスキイの生活」を書きながら、社会条件や政治環境からだけでは、ドストエフスキーの作品が成立した所以《ゆえん》を理解できないことにも気づいていたのである。文献を渉猟《しょうりょう》し、歴史上の諸事実を集めれば集めるほど、ドストエフスキーの作品の成立を説明する上では不都合な矛盾や無秩序が明らかになってきたのである。そして最終的には、無秩序の只中にあって秩序ある作品を生み出すという、ドストエフスキーの天才に驚くこととなる。

> 一方に現実の歴史の驚くべき無秩序が見えて来て、一方に作品の驚嘆すべき調和なり秩序なりが見えてゐる。さういふ経験をする事が、天才の作品を調べる時に必要だと思ふ。（中略）どうしてこの様な現実の無秩序から作品の秩序が生れたか、それを理解する事が出来ない。たゞ驚くだけだ。併し、この驚きは無駄ではないのだ。この驚きのなかで、僕等は、例

へばドストエフスキイならドストエフスキイが、現実の無秩序の直中《ただなか》に生きて死んだその姿を合点するのです。彼の作品が生れたと覚しい現実の土台、歴史の諸条件、さういふものの僕等に理解し易い、限定された形のなかで、彼が実際に生き実際に死んだ筈はないではないか。

天才の創造の条件を外部から限定しようといふ仕事を諦めざるを得なくなつて、僕は再び作品といふ出発点に引還《ひきかえ》して来ます。（中略）僕が手が付かぬ儘に残して来た作品成立の諸条件の混乱した姿、その必然と考へた部分も、偶然と考へた部分も悉《ことごと》くが、其処《そこ》に吸収されて、動かせぬ調和を得てゐる事を教へます。謎は解けずに残つたわけですが、謎のあげる光は強さを増し、美しさを増す。（「芸術上の天才について」〔昭和十五年〕、第七巻P318―319）

なぜ、ドストエフスキーの作品を、社会や環境といった外部要因だけでは説明ができないのか。それは、ドストエフスキーのもつ強力な思想が、外部環境という制約を超えてしまうからである。

前章において述べたとおり、一般の人々は、慣習、制度あるいは社会関係といった社会が共有するルールに拘束されている。彼等は、拘束されていることを意識することもなく、社会の中に埋没して生活し、社会のルールに従って実践している。言葉は、この人々を拘束する社会のルールの基礎にあるものである。社会に埋没して生活する一般の人々の行為であれば、社会という外部環境によって説明することも確かにできるであろう。

しかし、社会のルール、とりわけ言葉は、あるがままの世界の一側面を規定するに過ぎず、また、世界の動態をとらえることはできない。言葉が表現するものは、氷山の一角に過ぎない。その水面下には、言葉によっては表現しきれない、あるがままの世界が存在する。鋭敏な感覚をもった天才だけが、そのことに気づき、意識するのである。実生活の外の、言葉を超えたあるがままの世界は、天才の創造の源泉なのである。

「言葉に現れるものよりも内部に残つてゐる方がずつと多い」――ドストエフスキイはこの事実を、片時も忘れなかつた作家である。いや、この平凡な事実がどれ程人間相互の間に奇怪な関係をもたらしてゐるかを比類のない感受性で追及した作家であつた。（「『未成年』の独創性について」（昭和八年）、第六巻P17）

小林は、「実際」と「現実」とを区分する。一般の人々が埋没している実生活が「実際」であり、彼らは見過ごすが、天才には見えているあるがままの世界が「現実」である。

「実際」は「現実」の一部であるが、あくまで一部に過ぎない。しかし、一般の人々は、「実際」が「現実」のすべてだと思っている。だから、「実際」からはみ出した「現実」が見える天才のことを妄想家扱いする。だが、実際家と現実家は、違う。ドストエフスキーは、確かに実際家ではなかったが、間違いなく現実家であった。

　彼は実際家ではないが、妄想家でもない。極度に鋭敏な現実家なのである。実際家を現実家と間違へる人が、鋭敏な現実家を妄想家と間違へる。私は以前ドストエフスキイの作品の奇怪さは現実そのものの奇怪さだと書いた事があるが、彼の作品の所謂《いわゆる》不自然さは、彼の徹底したリアリズムの結果である、この作家が傍若無人なリアリストであつたに依《よ》る。外に秘密はない。さういふ信念から私は彼の作品を理解しようと努めてゐる。（「『未成年』の独創性について」〔昭和八年〕、第六巻P20）

「実際」と「現実」の差異については、次のようにも言うことができる。多くの人々は、社会に規定され、実生活の中に埋没して、「実際」に生きている。他方で、人間の精神には、そういう実生活（「実際」）を超えて、あるがままの世界（「現実」）を捉えようとする働きもある。その精神の働きが「思想」である。

実生活からはみ出た思想を抱いて生き、その思想に殉じて死ぬ。そういうような生き方は、人間というものの「実際」ではないかもしれないが、間違いなく「現実」である。

> 人間達が思想によつて生き死にする有様を、彼程明瞭に描いた作家はない。人間は思想に捉へられた時にはじめて真に具体的に生き、思想は人間に捉へられた時に真に現実的な姿を現すといふことを彼程大胆率直に信じた小説家はないのである。（「『未成年』の独創性について」（昭和八年）、第六巻P18）

思想とは、「実際」を犠牲にしてでも、「現実」に忠実であろうとする強い力である。そう考えていた小林は、抽象的な思想の力などというものは弱いと断じた正宗白鳥に強く反発し、繰り返し反論した。

> 実生活を離れて思想はない。併し、実生活に犠牲を要求しない様な思想は、動物の頭に宿つてゐるだけである。社会的秩序とは実生活が、思想に払つた犠牲に外ならぬ。（「思想と実生活」（昭和十一年）、第四巻P166）

社会に埋没し、実生活との間に矛盾を来さないような思想は、思想ではない。そんなものは、単なる「風俗習慣」に過ぎない。

抽象の作業が最も不完全となり、その計量的性質が最も曖昧になると、思想は実生活のなかに解消され、これに屈従するより他に為すところを知らないやうになる。これを僕等は、通常、思想とは呼ばず、風俗習慣と呼んでゐる。

（中略）思想の力は、現在あるものを、それが実生活であれ、理論であれ、ともかく現在在るものを超克し、これに離別しようとするところにある。何故に思想の犠牲となる為に思想と実生活との密接な関係を充分に信じる事が必要なのか、この密接な関係を信じた人が思想の犠牲となつた様な話はあまり聞かないのである。（「文学者の思想と実生活」〔昭和十一年〕、第四巻P182）

「実際」の世界、すなわち実生活は、社会環境に規定され、風俗習慣に従っているため、秩序立っており、不確実かつ大規模に変動することはない。しかし、「現実」の世界では、実生活の秩序から逸脱しようとする思想の強い力が働いている。このため、「現実」の世界は混沌《こんとん》とし、複雑に運動するものとなる。人間の思想が「実際」の秩序を破壊し、「現実」を動かす。「環境は人を作」るのが「実際」であるならば、それに加えて「人は環境を作」るのが「現実」である。

自然主義文学は、「環境は人を作」る「実際」の世界を描くにとどまる。これに対して、ドストエフスキーのリアリズムは、それを超えて、「環境は人を作り人は環境を作」る「現実」の世界をとらえようとする。それは、矛盾に満ちた、不安定に揺らぐ世界である。このドストエフスキーが引き起こした「実際」から「現実」への世界像の転換は、パラダイムの革命であった。

> 人と環境或は性格と行為との間の因果関係に固執する、所謂自然主義小説の世界は、もつと深い定かならぬ生成の運動に呑まれ、人間の限定された諸属性が消えて、その本質の不安定や非決定が現れ、信仰や絶望の矛盾や循環が渦巻く。こゝに現れた近代小説に於ける世界像の変革は、恰《あたか》も近代物理学に於ける実体的な「物」を基礎とした従来の世界像が、電磁的な「場」の発見によつて覆《くつがえ》つたにも比すべき変革であつた。（「『罪と罰』についてⅡ」〔昭和二十三年〕、第六巻Ｐ221）

この自然主義からリアリズムへ、静態的世界観から動態的世界観へという、ドストエフスキーが成し遂げたパラダイム変革は、もちろん、文学におけるものである。しかし、政治思想における変革と言っても同じであろう。ドストエフスキーは、文学者であると同時に、政治思想家でもあったからだ。

政治における矛盾に満ちた不安定な世界、その端的な例は、戦争であった。

第三章　戦争

■反省なんぞしない

小林秀雄は、終戦直後の座談会において、戦時中の戦争協力について問い質《ただ》され、「僕は馬鹿だから反省なんぞしない」と言い放った。有名なエピソードである。

僕は、終戦間もなく、或る座談会で、僕は馬鹿だから反省なんぞしない、悧巧《りこう》な奴は勝手にたんと反省すればいゝだらう、と放言した。今でも同じ放言をする用意はある。事態は一向変らぬからである。

反省とか清算とかいふ名の下に、自分の過去を他人事の様に語る風潮は、いよいよ盛んだからである。そんなおしやべりは、本当の反省とは関係がない。過去の玩弄《がんろう》である。これは敗戦そのものより悪い。個人の生命が持続してゐる様に、文化といふ有機体の発展にも不連続といふものはない。（「吉田満の『戦艦大和の最期』」〔昭和二十四年〕、第八巻P187）

戦争という自分の過去を他人事のように語って反省する「過去の玩弄」は、今や、日本の夏の恒例行事となってしまった。「敗戦そのものより悪い」事態が七十年以上も続いてきたというわけである。小林は、今でも「反省なんぞしない」と放言するに違いない。

では、反省を拒んだ小林は、あの戦争をどう観ていたのか、そしてどのような姿勢で臨んでいたのか。それについては、必ずしも正しく理解されているとは言えない。

戦前から戦中にかけては、政治言論の勃興期であった。総力戦の下では、世論が政治に大きな影響を与えるようになる。大岡昇平の解説によれば、当時、「文学者だけではなく、学者や新聞記者や、その他新しく発生したさまざまな文化団体の周辺にあるわけのわからない連中が、発言をはじめた。今日いわゆる『文化人』という観念が形成されたのは『事変』の過程を通じてであった」（大岡昇平「解説」、第七巻Ｐ346）という。戦後になって、戦争の反省や平和主義を喋々《ちょうちょう》した「文化人」なるものを生んだのは、皮肉にも戦争だったのだ。

この「わけのわからない連中」が発言を始めるという言論と政治の混乱状況の中で、小林もまた、戦争、政治そして歴史についての関心をいっそう強め、数多くの随筆を書き、あるいは講演を行ったのである。

昭和十七年に発表した「徒然草」の中で、小林は、兼好について「眼が冴《さ》えかへつて、いよいよ物が見え過ぎ、物が解り過ぎる辛さを、『怪しうこそ物狂《ものぐる》ほしけれ』と言つたのである」（「徒然草」（昭和十七年）、第八巻Ｐ24）と書いている。物が見え過ぎ、物が解り過ぎる兼好の辛さに共感する小林には、この戦争のことが見え過ぎていたのかもしれない。

では、小林の冴えかえった眼は、戦争に何を見ていたのか。

■事変の新しさ

日華事変以降の総力戦の本質は、国民が日本史上まったく経験したことのない極度の「新しさ」にある。これこそが、小林の眼に見えたものであった。

この戦争の性格や意味については、当時の政治家や各種の「文化人」が喧《やかま》しく論じるも、あまりに新しい事態であったため、誰もその正体をつかむことができなかった。「今日は世界の歴史が、むごたらしい様で激しく動き、日本も、嘗《かつ》て出会つた事のない危険な事態に出会つて、何処を見渡しても、心ない事実の乱雑、実情の変転で空想や想像の生きる余地もない有様だ。前総理は、これを複雑怪奇な事態と言つたが、大臣の声明に怪奇などといふ言葉が現れたのは、文明開化以来、はじめての事である」（「神風といふ言葉について」〔昭和十四年〕、第七巻P71）。

ところが文化人たちは、この新しい事態を直視しようとせず、従来の思想の型に当てはめて解釈することによって、安心しようとしていた。東亜協同体論などは、その典型である。「僕はどの東亜協同体論にも、思想家が自ら考へ出した力といふものを認めない」。「今日の東亜協同体論といふものが、どれも申し合はせた様に、書物から学んだ知識で、歴史の合理化、つまり話の辻褄《つじつま》を合はせる仕事をやつてゐる」（「学者と官僚」〔昭和十四年〕、第七巻P85）。
その結果、日本は、判断を誤ろうとしている。小林は当初からそう感じていた。

　国民の大部分が行つた事も見た事もない国で、宣戦もしないで、大戦争をやり、新政権の樹立、文化工作、資源開発を同時に行ひ、国内では精神動員をやり経済統制をやり、といふ様な事態は、歴史始つて以来何処の国民も経験した事などありはしない。そんな事はわかり切つてゐるにも拘《かかわ》らず、事変の最大特色が、その性質の全くの新しさにあるといふ事が、不思議な事だが、容易に理解し難い。ひどく新しい事態といふものはいつもさうだ。世の中に別して新しい事態も見えぬ時に、新奇な解釈を追ふ癖に、事態の方から全く新しい顔を見せつけられると、在り来りの考へ方で、急いで納得したがるものだ。（「疑惑Ⅱ」〔昭和十四年〕、第七巻P63）

　この「新しさ」とそれによる判断の失敗について、小林は昭和十五年の講演「事変の新しさ」においても語っている。この講演は、「文芸銃後運動」の一環として行われたものである。その戦争協力の講演で、小林が「新しさ」に対して判断を誤った歴史上の例として挙げたのは、何と、豊臣秀吉の朝鮮出兵だったのである。小林は、日本の大陸進出の最中に、戦意高揚のために設定された講演の場において、よりにもよって、秀吉の大陸進出の失敗の話を持ち出したのだ。

小林は聴衆に語りかける。あれほど戦さや外交に天才的な能力を発揮してきた秀吉が、なぜ、朝鮮出兵においては判断を誤ったのか。それは、老いて耄碌《もうろく》したからではない。

> 彼が計算を誤つたのは、彼が取組んだ事態が、全く新しい事態だつたからであります。この新しい事態に接しては、彼の豊富な知識は、何んの役にも立たなかつた。役に立たなかつた許《ばか》りではない、事態を判断するのに大きな障碍《しょうがい》となつた。つまり判断を誤らしたのは、彼の豊富な経験から割り出した正確な知識そのものであつたと言へるのであります。これは一つのパラドックスであります。（中略）さういふパラドックスを孕んでゐるものこそ、まさに人間の歴史なのであります。これは悲劇です。太閤の様な天才は自ら恃《たの》むところも大きかつた。従つて醸された悲劇も大きかつた。これが悲劇といふものの定法です。悲劇は足らない人、貧しい人には決して起りませぬ。
>
> それは兎も角、現代に、太閤の様な天才がゐるかどうか、疑問だとしても、朝鮮の役が当時の日本国民にとつて、全く新しい事態であつた様に、今日の僕等にとつて支那事変が、全

く新しい性質の事件である事は疑ひのないところです。（「事変の新しさ」〔昭和十五年〕、第七巻P126－127）

戦時中における小林の戦争協力を糾弾し、反省を迫るということが、どれだけ愚劣な行為であるかが、これでよく分かるであろう。小林は、この戦争がその「新しさ」ゆえに極めて困難な事態であり、失敗する可能性が高いというに等しいことを早くから公言していた。それも、戦争協力の場においてである。そんな豪胆なことをやってのけられる者が、戦後になって戦争協力を糾弾した知識人たちの中に一人でもいたか。

ところで、江藤淳は、戦時中の小林について、「日本の勝利を信じて疑わなかつた小林の文章に、死や滅亡の予兆があらわれているのは不思議なことである[11]」と書いている。しかし、少なくとも私が読んだ限りでは、小林が日本の勝利を信じて疑わなかったことを示す記述は見当たらなかった。確かに、小林は「戦ひは勝たねばならぬ」（「戦争について」〔昭和十二年〕、第四巻P288）とは言ったが、勝たねばならぬという姿勢は、勝利を確信することとは、もちろん違う。

むしろ、小林は、当初から、この戦争の本質が未知の新しさにあることを見抜き、そして未

11　江藤淳『小林秀雄』（講談社）、１９６５年、P243。

知の新しさは、避け難い悲劇をもたらすと感じ、そう論じていた。当時の彼の文章に、死や滅亡の予兆があらわれたのは、当然だったのである。

戦争の悲劇を予感していたのなら、それを避けるべく、努力すべきだったのではないだろうか。この手の批判は、実に小賢《こざか》しい。当時の日本が直面していた事態の新しさの前には、人間など無力に等しいのだ。それどころか、知識や才能のある者ほど、かえって新しさに躓《つまず》き、失敗する。これは歴史の厳然たる事実であり、そして、人間というものの性《さが》ゆえの悲劇である。この戦争が悲劇であるというならば、悲劇を反省して、どうしようというのだ。悲劇の反省などというのは、確かに、敗戦そのものよりも悪い。

戦後、小林は、あの戦争は悲劇であったと繰り返し語っている。

あれほど歴史の必然といふ言葉が好きだつた知識人達が、大戦争は歴史の偶然だつた様な口の利き方しか出来ないのである。日本人がもつと聡明だつたら、もつと勇気があつたら、もつと文化的であつたら、あんな事は起らなかつたのだと言つてゐる。私達は、若しあゝであつたら、かうであつたであらうといふ様な政治的失敗を経験したのではない。正銘の悲劇を演じたのである。悲劇といふものを、私がどう考へてゐるかは既に述べました。悲劇の反省など誰にも不可能です。（「政治と文学」〔昭和二十六年〕、第九巻Ｐ82）

私は馬鹿だから反省しない、などといふ反語は少しも使ひ度《た》くはない。併し、私達が経験した大悲劇は、日本国民の非近代性に関する雄弁な反省などで片付けられるものではない、といふ考へを変へる事が出来ない。
（中略）私達は、戦争によつて、とても口には言へぬ、めいめいの生活の不幸を経験した。私達は、みな生ま身の俳優となつて戦争といふ一大劇を演じたのであつた。それは、後になつて清算すれば事が済む様な一政治的事件ではなかつたのである。（「感想」〔昭和二十六年〕、第九巻P146―147）

言うまでもないとは思うが、小林は、敗戦後の後知恵で、「あの戦争は悲劇でした」などと言い訳をしたのではない。対米戦争が始まる前から、日本は悲劇を演じていると公言していたのである。「戦争に敗けたとしても、僕は反省なんぞしないからな」と予告していたようなものだ。

小林は、日華事変勃発の直後に書かれた「戦争について」で、すでに、こう述べていた。
「過去の時代の歴史的限界性といふものを認めるのはよい。併しその歴史的限界性にも拘らず、その時代の人々が、いかにその時代のたつた今を生き抜いたかに対する尊敬の念を忘れては駄目である。この尊敬の念のない処には歴史の形骸《けいがい》があるばかりだ」（「戦争について」〔昭和十二年〕、第四巻P291）。

人間は、時代環境の制約の下で、不確実な未来に向けて行動する。それが正しいか否かは、事前に判断することはできない。結果を見て事後的に評価するほかないのである。人間は、事前に結果が分からない中で判断し行動するのだから、どれだけ精一杯頑張ったとて、失敗することもある。そういう過去の失敗を、結果を知る後世の人間が断罪するなどという行為は、歴史に対する冒瀆《ぼうとく》である。小林は、まるで戦後の歴史問題を予想して、それに先回りして批判を加えているかのようである。

小林は、この戦争の悲劇を予感しながらも、敗北主義に陥ることも厭世《えんせい》することもなく、これを試練と受け止めて立ち向かっていった。

僕はたゞ今度の戦争が、日本の資本主義の受ける試煉であるとともに、日本国民全体の受ける試煉である事を率直に認め、認めた以上遅疑なく試煉を身に受けるのが正しいと考へるのだ。この試煉を回避しようとする所謂敗戦主義思想を僕は信じない。極言すれば、そんなものは思想とさへ言へないのだ。科学から意匠だけを失敬して来た感傷的な政策論に過ぎない。俺は審判者である、貴様の国家は歴史的に遅れてゐるから、人類の理想の為にもう一つの国家に敗けろ、などといふ事では子供の喧嘩の仲裁すら難かしからう。（「戦争について」〔昭和十二年〕、第四巻P289－290）

この言葉は、まるで戦後日本人の反省の弁を予見していたかのようである。それどころか、歴史を先取りして、東京裁判を「子供の喧嘩の仲裁」以下と切り捨てているかのようにすらみえる。言うまでもなく、東京裁判とは、戦勝国が「俺は審判者である、貴様の国家は歴史的に遅れてゐるから、人類の理想の為に」敗けたのだという審判を下したものであるからだ。

これを小林は、戦争が始まったばかりの昭和十二年の時点で書いているのである。こんなにも眼が冴えてしまっては、「怪しうこそ物狂ほしけれ」と言いたくもなるであろう。

予見の危険性を説いたはずの小林について、戦後を予見していたなどと評するのは矛盾であると思われるかもしれない。だが、彼は確かに、的確に予見しているのである。

小林は、この予見力をどのようにして得たのか。それは、現前のあるがままの世界を生き抜こうという覚悟から得たのである。「現在は将来の予見の為に犠牲に出来る様なものではない。予見とは実際には寧ろ遅疑なく現在に処さうと覚悟した人々だけに訪れる光の如きものである」（「戦争について」〔昭和十二年〕、第四巻P291）。

なぜ、現在に処そうと覚悟すると、将来の予見が得られるのか。

現在の世界とは、過去から来て、そして未来へ向かう過程であり、動態である。現在という一瞬をとらえるならば、そこには未来へ向かおうとする動きがすでに含まれている。したがって、あるがままの現在を体験するならば、未来への契機も体験し、知ることになる。そう考えるならば、現在に処そうと覚悟した人に、未来への予見が訪れるというのは、何ら不思議なことではない。

　では、戦時中の小林は、どのようにして、現在に処したのか。

■黙って処する

　戦争はナショナリズムを高揚させる。戦時中、政治家や知識人によって、日本主義運動やら国体明徴運動やら国民精神総動員運動やらといった国粋主義的な思想の運動が活発化した。小林は、こうした思想を一笑に付した。現下の危機の新しさは、そんな陳腐な思想の型に収まって片付くような代物ではない。「この様な国運を賭する程の大事件にぶつかり乍《なが》ら、その思想的表現に於いて日本国民は、何んといふ貧寒な言葉しか持ち合はせてゐないか」（「満洲の印象」〔昭和十四年〕、第七巻P16）。

　戦前・戦中の国民は、当時の政治家や軍部、あるいは政府・軍部に加担した知識人たちの煽動によって、戦争へと突き進んだ。戦後の日本では、このような理解が一般に定着している。

そんな歴史理解を、小林は一蹴した。無智蒙昧《もうまい》な国民が状況も分からず指導者に従ったとか、騙されたとかいうのではない。ただ、「この事変に日本国民は黙つて処したのである」。しかも、この黙って処するという姿勢は、日本の伝統から来る国民の叡智によるのだと小林は感じていた。

「事変に日本国民は黙つて処した」という小林の言葉はよく知られており、また彼の戦争観において重要な位置を占めている。しかし、その意味は、よく知られているとは言えない。

「事変に日本国民は黙つて処した」というのは、戦争という複雑かつ未知の事態に対処して、国民が一致団結したということを指しているのである。

この言葉が発せられた文脈を確認しておこう。

> 事変の性質の未聞の複雑さ、その進行の意外さは万人の見るところだ。そしてこれに処した政府の方針や声明の曖昧さを、知識人面した多くの人々が責めた。無論自分達に事変の見透しや実情に即した見解があつたわけではない。今から思へば、たゞ批評みたいな事を喋りたかつたに過ぎぬ。それにも拘らず、事変はいよいよ拡大し、国民の一致団結は少しも乱れない。この団結を支へてゐるのは一体どの様な智慧なのか。それは日本民族の血の無意識な

団結といふ様な単純なものではない。長い而《しか》もまことに複雑な単純な伝統を爛熟させて来て、これを明治以後の急激な西洋文化の影響の下に鍛錬したところの一種異様な聡明さなのだ、智慧なのだ。

この智慧は、今行ふばかりで語つてゐない。思想家は一人も未だこの智慧について正確には語つてゐない。僕にはさういふ気がしてならぬ。この事変に日本国民は黙つて処したのである。これが今度の事変の最大特徴だ。事変とともに輩出したデマゴオグ達は、自分達の指導原理が成功した様な錯覚を持つてゐるだらうが、それはあらゆる場合にデマゴオグには必至の錯覚に過ぎぬ。（「満洲の印象」〔昭和十四年〕、第七巻P17）

どれだけ有能かつ経験豊富であろうと一個人の能力ではどうにもならないような危機に対しては、集団で協力し、団結してこれに当たる方がよい。そのことを国民は暗黙のうちに了解していて、政府やデマゴーグに言われるまでもなく、団結した。これは、確かに国民の智慧である。明治維新以来、未知の事態が次々と起きるという激動の時代を生きてきた中で、国民は団結するという智慧を得ていた。その智慧が、この戦争で発揮された。小林は、そう言っているのである。

戦時中の小林は確かに戦争に協力した。しかしそれは、国民を煽動し、戦争へと動員する国粋主義の運動に協力するというものではなかった。むしろ小林は、そうした運動をデマゴーグと呼んで批判したし、プロパガンダについても嫌っていた。

戦争が総力戦となるに伴って、プロパガンダが発達した。第一次世界大戦において、イギリスはプロパガンダ戦によってドイツに勝利したと言われる。日中戦争においても、巧みな抗日プロパガンダが脅威とされた。だが、小林は、プロパガンダの効果自体を懐疑していた。プロパガンダなんぞで歴史を創ることはできない。プロパガンダは、単に起きた事件を後追いしているに過ぎないのであって、そんなものは恐れるに足りない。人々がプロパガンダによって団結したように見えるのは、もともと黙って団結しようとしていたから、プロパガンダの効果が上がったように見えたというに過ぎない。プロパガンダを過大評価する者は、国民の智慧を過小評価しているのだ（「宣伝について」〔昭和十二年〕、第四巻P299－304）。

小林の戦争協力とは、戦争に「黙つて処した」国民の智慧について語ることであった。

戦争に対する文学者としての覚悟を問われた小林は、「一体文学者として銃をとるなどといふ事がそもそも意味をなさない」「銃をとらねばならぬ時が来たら、喜んで国の為に死ぬであらう」とだけ答えた。「誰だつて戦ふ時は兵の身分で戦ふのである」（「戦争について」〔昭和十二年〕、第四巻P288）からである。

これを単なる行動主義とみなす前に、もう少し、小林の言に耳を傾け、その真意を確かめておいたほうがよい。

日本の国に生を享けてゐる限り、戦争が始つた以上、自分で自分の生死を自由に取扱ふ事は出来ない、たとへ人類の名に於いても。これは烈しい事実だ。戦争といふ烈しい事実には、かういふ烈しいもう一つの事実を以つて対するより他はない。将来はいざ知らず、国民といふものが戦争の単位として動かす事が出来ぬ以上、そこに土台を置いて現在に処さうとする覚悟以外には、どんな覚悟も間違ひだと思ふ。

日本に生れたといふ事は、僕等の運命だ。誰だつて運命に関する智慧は持つてゐる。大事なのはこの智慧を着々と育てる事であつて、運命をこの智慧の犠牲にする為にあわてる事ではない。自分一身上の問題では無力な様な社会道徳が意味がない様に、自国民の団結を顧みない様な国際正義は無意味である。僕は、国家や民族を盲信するのではないが、歴史的必然病患者には間違つてもなりたくはないのだ。日本主義が神秘主義だとか非合理主義だとかいふ議論は、暇人が永遠に繰返してゐればいゝだらう。いろんな主義を食ひ過ぎて腹を壊し、すつかり無気力になつて了つたのでは未だ足らず、戦争が始つても歴史の合理的解釈論で揚《あげ》足《あし》の取りつこをする楽しみが捨てられず、時来れば喜んで銃をとるといふ言葉さへ、反動家と見られやしないかと恐れて、はつきり発音出来ない様なインテリゲンチャから、僕はもう

何物も期待する事が出来ないのである。（「戦争について」〔昭和十二年〕、第四巻P289）

先に見たように、小林は、日本主義運動をデマゴーグとして批判していたが、ここでは、逆に、日本主義を「神秘主義」「非合理主義」とみなす合理主義を批判している。

戦争に際して国民が団結するというのは、国民の叡智の現れである。国民を団結させようと煽動する日本主義者も、国民の団結を理解できない合理主義者も、ともに観念を弄《もてあそ》ぶだけで、危機に処する国民の叡智を見損なっている小賢しいインテリに過ぎない。

戦争に黙って処すること、すなわち国民同士で団結すること、そして一兵士として喜んで銃をとることが、どうして、国民の叡智と言えるのか。これについてはすでに述べたとおりであるが、改めて、多少、社会科学的に言いなおすならば、次の通りとなる。

第一に、「国民」とは一つの共同体であるが、どの国民共同体の一員となるかは、基本的には、自分で自由に選んだ結果ではない。ある国民共同体の中に生まれ落ちたという偶然によって、その一員、すなわち国民にさせられるのである。国民共同体とは、選択して帰属するものではないという意味で、運命共同体であると言える。これは、道徳的な良し悪しの問題ではなく、厳然たる事実である。

第二に、国家間の戦争という事態がいったん始まったら、当事国の国民は、自分の生き方を好きなように決める自由を失う。これもまた、道徳的な良し悪しの問題以前の、単なる事実である。非戦論者であっても兵士として徴用されれば戦わなければならないし、仮に徴兵を拒否したところで、相手国からは敵とみなされて攻撃を受ける。戦争当事国の国民である以上、個人的な主義主張とは無関係に、否が応でも戦争に巻き込まれる。戦争は、国民というものが運命共同体であるという事実を突きつけるのである。

第三に、共同体の一員は、共同体に対する脅威に対しては、これを退けるべく団結する。これは、個人が共同体に盲従しているからではない。個人が共同体に帰属するということは、その共同体が個人のアイデンティティの一部となるということだ。したがって、国民一個人にとって、自らが帰属する共同体の危機は、自分自身の危機でもある。自分自身を守るためにも、国民共同体を守らなければならない。しかし、大規模な国民共同体を一個人の力で守ることなどできない。そこで、他の国民と協力・団結して、国民共同体を守るという。これは、理にかなった行動である。そう考えると、戦争に対して団結するというのは、確かに国民の「智慧」と言うべきであろう。

■文学者の戦争

小林は、「一体文学者として銃をとるなどといふ事がそもそも意味をなさない」「誰だつて戦ふ時は兵の身分で戦ふのである」と述べた。

しかしながら、その一方で、彼は、文学者としても戦争に臨んでいた。それは、従来の思想の範型には収まらない、まったく新しい事態であるこの戦争の本質を、言葉によって表現するということであった。

総力戦は、これまでにはなかった言論空間を生み出した。政治家や軍人、学者、ジャーナリストなどがこぞって、戦争について語った。

しかし、政治家、軍人、学者たちの言語表現は、文学者に比べると、実に拙《つたな》いものだった。文学者は、文体を駆使して、あるがままの現実に迫ろうと工夫を重ねてきたのに対し、彼らのは俄《にわ》か仕立ての言論であるため、言葉の訓練が足りないのである。

　文学者は、元来一般人に訴へる表現といふものを頼りに生活してゐるものであるから、事変とともに表現の問題でいろいろ難かしい事態に出会つても、これを克服する力は、彼自身の裡に自ら備はつてゐると考へられるからいゝが、事変の影響するところ、政治家はラヂオで民衆に訴へ、軍人は著書で知識階級に呼び掛け、哲学者は新聞で意見を吐露し、国文学者は雑誌に文芸時評を書くといふ新しい光景が現れると、一般人の眼に厭でも明らかになつたのは、政治家とか、軍人とか、学者とかが、常日頃それぞれの世界だけに通用する安易な表現にどんなに安心し切つてゐたか、といふ事だ。文学者が、社会の風潮に敏感な余り陥つた、表現の混乱に関する苦痛などは言ふも愚か、凡《およ》そ人を捕へる表現といふものについて、彼等が如何に工夫も準備もして来なかつたかといふ事である。（「事変と文学」〔昭和十四年〕、第七巻Ｐ58）

あるがままの現実は複雑で新しいものである。その現実を紋切り型の表現や平板な文体で表したところで、それはイデオロギーにしかならない。イデオロギーは、あるがままの現実をとらえた言葉ではないから、イデオロギーによって事態を安易に理解しようとする政治家、軍人あるいは学者には、あるがままの現実、すなわち戦争の「新しさ」という本質が見えていない。日本主義運動や国体明徴運動は、イデオロギーで国民精神を動員しようとするものである。しかし、そういうイデオロギーの平板な言葉などでは、この戦争の「新しさ」をとらえられないし、国民の精神を動かすこともできない。

ならば、戦争のあるがままの現実をとらえた表現とは、どういうものか。小林は、「神風」という言葉を例に挙げる。この「神風」という言葉は、一九三九年にヨーロッパで第二次世界大戦が勃発した際に、人々の間で流行したものである。

第二次世界大戦勃発の直前、平沼騏一郎内閣は、独ソ不可侵条約の締結に動揺して総辞職したが、その際の談話の中で「欧州の天地は複雑怪奇なる新情勢」なる表現が使われた。これは、当時の政治指導者がいかに世界情勢に疎《うと》かったかを示すエピソードとして、よく引用される。

しかし、小林は、この「複雑怪奇」という言葉について、「今日は世界の歴史が、むごたらしい様で激しく動き、日本も、嘗て出会つた事のない危険な事態に出会つて、何処を見渡しても、心ない事実の乱雑、実情の変転で空想や想像の生きる余地もない有様」（「神風といふ言葉について」〔昭和十四年〕、第七巻Ｐ71）を率直に表現したものとして、むしろ得心するのであった。

世界情勢に疎かったなどというのは、後知恵による評価に過ぎない。秀吉の朝鮮出兵の失敗も、秀吉の無知や無能のせいではなく、朝鮮出兵の新しさのせいである。能力や知識がなかったからではなく、むしろあったからこそ、新しい事態への対処に失敗する。これが、「新しさ」の恐ろしさである。

小林は、一貫して、この戦争の本質は、人間の対応能力を超えた「新しさ」にあることを強調した。

人間というものは、未知の新しい事態には対応できずに失敗するものである。その失敗を避けられるほどの理性は、人間にはない。これは運命であり、悲劇である。

この戦争という新しい現実あるいは「物」もまた悲劇なのであって、もはや人間の力でどうこうできるような事態ではない。冴え過ぎた眼でそれを見抜いた小林は、腹をくくった。「今日では、物は、もう人間の望み通りには動かぬ。物は言はば人間から着せられた理想主義（唯物史観も亦一種の理想主義である）の衣を脱いで、無気味な正体を現した感がある」（「神風といふ言葉について」〔昭和十四年〕、第七巻P74）。

独ソ不可侵条約の締結という事件によって、目下の現実の「無気味な正体」を目の当たりにした平沼騏一郎首相は、その恐ろしさに耐え切れず、「欧州の天地は複雑怪奇」の言葉を残して辞職した。それから間もなくして、その欧州にて今度は世界大戦が勃発した時、人々は、この新しい事態に「神風」という言葉を与えた。これは、無智蒙昧な人々の迷信などではない。この大戦勃発が合理的な説明を拒否する世界情勢（「物」）の動きであることを直感したからこその表現である。こういう事態の本質をとらえた率直な言葉は、政治家、軍人、学者の賢《さか》しらな饒舌《じょうぜつ》からは出てこない。

「世界の歴史が、むごたらしい様で激しく動き、日本も、嘗て出会つた事のない危険な事態」

の中で、人々の口から「神風」といふ言葉が自然と発せられた時、小林は日本語の伝統を感じたに違いない。「かういふ風に、何処を見渡しても、人間の悟性を侮蔑した様な、心無い物質の動きが見えてゐる様な時、神風といふ言葉は、索莫とした荒野に、一と処、花が咲いてゐる様な風景を思ひ浮べさせる」（「神風といふ言葉について」〔昭和十四年〕、第七巻P75）。

現下の世界情勢に付された合理的な説明を鵜呑《うの》みにしてはならない。目の前に現れているのは、そのような分かりやすい説明を拒否する未曾有《みぞう》の事態だからだ。もはや人類の力ではどうしようもない、「複雑怪奇」や「神風」と表現する他ない不確実性こそが、現下の世界の現実である。合理的な説明や解決策は、怠惰な精神を安心させるかもしれないが、それは、現実の危険性から目を逸らさせるだけである。そんなことでは、事態はいっそう悪化するだけであろう。

もっともらしい説明の一切を懐疑することで叩《はた》き落とせ。そうすれば、我々がどれだけ残酷な現実の中にいるかが分かるであろう。小林は、リアリズムに徹することを求めているのだ。

そうやって現下の世界情勢のあるがままを把握し、その不確実性と危険性を知った時、我々の精神に最後に残るのは何か。それは「愛国心」であった。「疑はしいものは一切疑つてみよ。人間の精神を小馬鹿にした様な赤裸の物の動きが見えるだらう。そして性慾の様に疑へない君のエゴティスム即ち愛国心といふものが見えるだらう。その二つだけが残るであらう。そこから立直らねばならぬ様な時、これを非常時といふ」（「神風といふ言葉について」〔昭和十四年〕、第七巻P76）。

不確実性に満ちた危機ではあるが、「物」と「愛国心」だけが確実なものとして見える。要するに、リアリズムとナショナリズムだ。このリアリズムとナショナリズムだけが確実なものとして残るような事態、それが非常時である。

非常時には、リアリズムとナショナリズムという原点に返って、そこから立ち直らなければならない。だが、立ち直るというのは、一体、何をすることなのか。

小林は、その答えを、稀代のリアリストでありナショナリストであるマキアヴェリから学んだ。それこそが、「政治」であった。

■マキアヴェリの政治学

「マキアヴェリについて」という随筆の冒頭には、小林が、マキアヴェリから、政治というものについての啓示を得た瞬間が描かれている。この一節は、小林の政治学を知る上で重要であるように私には思われる。

> 今度の満洲旅行中、多賀義彦氏の訳で、マキアヴェリの「ローマ史論」を読んだ。実に退屈な本で、家に居たらとうに投げ出してゐたに決つてゐる。旅先きで、他に本を持つて来なかつたので、止むを得ず読んでゐる様な具合であつたが、ゆつくり読んでゐるうちに、何んとは知れぬ力に惹かれて行くのを感じ、たうとう了《しま》ひまで引摺《ひきず》られ、それがどういふ性質の力であるかに気附いた。「ローマ史論」を読んで、この所謂権謀術数の大家の姿が、凡そ当り触りのない陳腐なものに見えたのに驚いた。そして読み進んで行くうちに、この陳腐とみえるものの上に、堂々と腰を下してゐる一人物の力が、明らかに僕に作用するらしく思へたのである。古典を読むといふ事は難かしい事だ、それは僕が現に眼の前の本から感じてゐる退屈を反省させる。現代人たる僕は、一体どんなものに興味を感じてゐるからこそ、どんなものに退屈するか、と。（「マキアヴェリについて」〔昭和十五年〕、第七巻Ｐ134）

マキアヴェリと言えば、「マキアヴェリズム」という言葉があるように、性悪説的な人間観に立ち、理想や道徳などを無視して、徹底的に利害得失だけを計算して権謀術数を弄する冷酷な政治家というイメージがある。ところが、実際のマキアヴェリが語る政治は、そういうマキアヴェリストのイメージからは程遠い、陳腐で退屈なものだった。

だが、現代人がマキアヴェリに退屈さを感じるのは、現代人がマキアヴェリよりも進歩したからではない。我々が、マキアヴェリの語るあるがままの「政治」よりも、知性が受け入れやすいように都合よく加工された政治理論や政治イデオロギーを欲しているからだ。小林は、『ローマ史論』を読みながら、自身もそうであったことに気づかされ、反省している。

政治とは、目の前の国民生活上の問題を解決する技術なのであり、それ以上のものではない。マキアヴェリはそう考えていた。この政治観は、確かに「当り触りのない陳腐なもの」であろう。ところが、そういう陳腐で退屈な政治観をもつマキアヴェリに、小林は強く惹きつけられた。それは、なぜか。

マキアヴェリが「人間はすべて悪人だ」と言ったことは有名である。それゆえ彼は、シニカルな厭人観の持ち主だと解釈され、そういう人間観に基づく狡猾な政治思想がマキアヴェリズムあるいはリアリズムだとされてきた。しかし、小林はそうはとらない。「人間はみんな悪党だとは、放つて置けば人世に秩序なぞない、といふ意味を出ない。秩序といふものはない、だから工夫して拵《こしら》へ上げる必要がある、彼はたゞそれだけの事を繰返し言つてゐる様に見える。それだけで何故いけないのだらう」（「マキアヴェリについて」〔昭和十五年〕、第七巻P136）。

社会秩序は、自由放任に委《ゆだ》ねておけば自生的に形成されるというようなものではなく、政治家が工夫して構築する必要がある。そういう人間社会のあるがままの現実について、マキアヴェリは述べているだけである。そのように素直に解釈できないのは、あるがままの現実から目を逸《そ》らしたいという邪念があるからだ。

要するに、マキアヴェリは現実そのものを見ていたのであり、その意味での、すなわち真の意味でのリアリストであった。「彼はたゞ人間といふ実物を見てゐる、絶えず見てゐる。悪党といふ言葉も、現に見えてゐる実物の仮りの名に過ぎぬ。宗教や道徳や或は善意や勇気やの実物も、無論、彼の眼を逃れてはゐない」（「マキアヴェリについて」〔昭和十五年〕、第七巻P136）。

マキアヴェリは、宗教、道徳、善意を無視したのではない。人間が宗教や道徳や善意を抱いて行動するという「現実」も、それらが人間社会を動かすという「現実」も、マキアヴェリは認めている。ただし、宗教やら道徳やらの理想に基づいて、理想の社会秩序を空想し、それを実現しようとする理想主義あるいは合理主義のイデオロギーを、マキアヴェリは否定したのである。

例えば、かの名高い『君主論』の中で、マキアヴェリはこう書いている。

> しかし、私のねらいは、読む人が直接役にたつものを書くことである。想像の世界より、具体的な真実を追求することのほうが、私は役にたつと思う。これまで多くの人は、見たことも聞いたこともない共和国や君主国を想像のなかで描いてきた。しかし、人の実際の生き

方と人間いかに生きるべきかということとは、はなはだかけ離れている。だから、人間いかに生きるべきかということのために、現に人の生きている実態を見落としてしまうような者は、自分を保持するどころか、あっというまに破滅を思い知らされるのが落ちである。[12]

なぜ、理想主義や合理主義は、破滅を招くのか。それは、あるがままに現実、とりわけ歴史を見ている者ならば分かるはずだ。現実の世界は、人間の理性の力では操作することはおろか、その先を見通すことすら困難であるように動いていく。人間が巻き込まれるだけで、逆らうことができない歴史の歯車というものが存在する。それが現実だと認めざるを得ない以上、人間如きの足りない頭で、理想の道徳秩序を描いたところで、そんなものが実現できるはずがないのは自明であろう。この人間の力では如何《いかん》ともし難い現実の残酷な動きのことをマキアヴェリは、「運命《フォルトゥナ》」と呼んだ。小林も「運命」という言葉を好んで使った。

ならば、人間は、この運命の束縛から逃れられないまま、どうやって生きていくのか。それは、刻々と変化する状況や時局に応じて、直面する個別の問題に対処していく以外にない。そういう臨機応変のプラグマティズムこそが、マキアヴェリの「政治」の本質である。

ただし、残酷な現実に対して臨機応変に対処し続けるには、相当の技量と忍耐力が必要とな

12　マキアヴェリ『君主論』（中公文庫）、１９７５年、Ｐ85。

る。その能力をマキアヴェリは「力量《ヴィルトウ》」と呼んだ。この現実の問題を克服する「力量《ヴィルトウ》」の動機となるもの、それが愛国心である。

小林は、マキアヴェリの政治学を実に深く理解していた。

彼は人間生活の様々な姿にいちいち照し合はさなければ、決して政治といふものを口にしてゐない。人間理解が、政治を理論化し空想化させぬ錘《おも》りの様な役をしてゐる。人間の様々な生態に準じて政治の様々な方法を説くのを読んでゐると、政治とは彼にとつて、殆ど生理学的なものだといふ風に見える。政治はイデオロギイではない。或る理論による設計でも組織でもない。臨機応変の判断であり、空想を交へぬ職人の自在な確実な智慧である。彼は多くの事を漠然と望まぬ。少しの事を確実に望む。若干の平和と若干の自由とを望めば足りる。若干の平和と若干の自由とを、毎日新たに救ひ出すより外に、平和も自由も空想の裡にしかないだらう。かういふ流儀が、シニスムに落ち込まない事は稀れだ。かういふ流儀を過ちなく行ふ人は、余程強い理想に支へられてゐなければならないから。恐らくマキアヴェリは、さういふ稀れな人であつた。彼は若干の平和と若干の自由とを望めば足りたのだが、若干の愛国心と若干の無私とを抱いてゐたわけではなかつた。かういふ人間の心に燃えてゐた理想ほど人の眼に附き難いものはない。（「マキアヴェリについて」〔昭和十五年〕、第七巻P138）

「政治」とは、「臨機応変の判断であり、空想を交へぬ職人の自在な確実な智慧」のことである。だが、この「臨機応変の判断」というものが、極めて難しい業《わざ》なのである。その難しさの理由について、マキアヴェリは『ローマ史論』の中で、こう説明している。

　時代に合わせて行き方を変えることのできぬ理由として、次の二つがあげられるだろう。第一に、生まれ持った性格にはどうしても逆らえない。第二に、いったんある方法を用いて上々に成功した人物に対して、今度は別の方法を採用したほうがうまくいくと信じさせるのは至難の業だ。こうして、一人の人の運命《フォルトゥナ》は色々に変わってくる。時勢は刻々に移り変わるのに、それに対応して人は行き方を変えることをしないからである。[13]

成功者ほど、かえって新しい情勢に臨機応変に対処するのに失敗する。そういう人物として、マキアヴェリは、フィレンツェの統領ピエロ・ソデリーニと教皇ユリウス二世を例に出した。小林は、太閤秀吉を挙げた。

もう明らかであろう。小林秀雄の政治学とは、マキアヴェリの政治学と同じものである。

13　マキァヴェッリ『ディスコルシ――「ローマ史」論』（ちくま学芸文庫）、2011年、P521。

小林が満洲を旅しながら読んだ『ローマ史論』には、こうある。

> 歴史全体を通じてみても、私は次のことのまごうかたもない正しさを、ここで改めて断言してはばからない。つまり、人間は運命のままに身をまかせていくことはできても、これには逆らえない。また人間は運命の糸を織りなしていくことはできても、これを引きちぎることはできないのだ。
>
> けれども、なにも諦めることはない。なぜなら、運命が何を企んでいるかわからないし、どこをどう通り抜けてきて、どこに顔を出すものか、皆目見当もつきかねる以上、いつどんな幸福がどんなところから飛び込んでくるかという希望を持ち続けて、どんな運命にみまわれても、またどんな苦境に追い込まれても投げやりになってはならないのである。[14]

先に引用したように、小林はこの時すでに、「僕はたゞ今度の戦争が、日本の資本主義の受ける試煉であるとともに、日本国民全体の受ける試煉である事を率直に認め、認めた以上遅疑なく試煉を身に受けるのが正しいと考へるのだ。この試煉を回避しようとする所謂敗戦主義思想を僕は信じない」と肚《はら》を決めていた。その小林が、マキアヴェリの政治学にひどく心を揺さ

14　マキァヴェッリ『ディスコルシ――「ローマ史」論』（ちくま学芸文庫）、2011年、P436。

ぶられたのも、当然であったのである。

第四章　自由

■自由の概念

これまで見てきたように、小林は、政治というものについて、実に深く理解していた。しかし、彼は政治家ではない。文学者である。

文学と政治は、異質の営みである。小林は、政治について深く洞察した上で、文学との本質的な相違について、繰り返し説いた。

> 非常時といふ言葉がある。日本国家が今日出会つてゐる危険は、まさしく非常時と呼ぶにふさはしいのであるが、非常時の思想などといふものはないのだ、僕等には平常時に慎重に叩き上げた思想があるだけだ、といふ事をしつかり心に入れて置かなくてはならない。あるのは非常時の思想ではない、非常時の政策である。
>
> 政治は転変する社会事情に直ちに応ずる政策を必要とする。臨機応変は政治に必須の原理であるが、この原理は、文学の世界、いや広く精神文化の世界では、必ずしも通用するとは限らない。無理に通用させようとすれば、文学や文化の底力を殺して了《しま》ふ。（「事変と文学」〔昭和十四年〕、第七巻P57－58）

政治や政策とは、情勢が予測不能なほど変転する非常時において、臨機応変に状況に対処する技術のことである。したがって、政治は、非常時や緊急事態においてこそ、その本領を発揮する。

これに対して、文学や思想は、時代や情勢の変化に左右されない精神文化である。その価値は、平時であると非常時であるとを問わない普遍性をもつものでなければならない。

言い換えれば、政治においては、目的のためには手段を選ばないという冷厳な論理に立たなければならない時がある。目的が手段を正当化することがあるのだ。戦争などは、その典型であろう。例えば、敵国による侵略から国民を守るという目的のために、戦争という手段を選ばざるをえない時がある。自衛戦争は、戦争という手段がその目的によって正当化された例の典型である。

しかし、この論理は、文学には通用しない。文学者にとって、文体は手段であると同時に、目的でもある。手段（文体）は拙劣だが、目的（？）の達成には成功したなどということは、あり得ない。

目的の為に必ずしも手段を選ばない、とは政治に不可欠の理論である。戦争がどんなに拙

> 劣な手段であらうとも目的は手段を救ふと考へねばならぬ。だがこの政治の理論を、文学に応用する事は断じて出来ない。文学者の仕事は、例へば大工が家を建てる様なものだ。手段が拙劣なら目的なぞナンセンスである。文学者たる限り文学者は徹底した平和論者である他はない。従つて戦争といふ形で政治の理論が誇示された時に矛盾を感ずるのは当り前な事だ。僕はこの矛盾を頭のなかで片附けようとは思はない。誰が人生を矛盾なしに生きようなどといふお目出度《めでた》い希望を持つものか。同胞の為に死なねばならぬ時が来たら潔く死ぬだらう。僕はたゞの人間だ。聖者でもなければ予言者でもない。（「戦争について」〔昭和一二年〕、第四巻P292）

「文学者は徹底した平和論者である他はない」というのは、文学者たるもの戦争反対の声を上げるべきであるなどという安っぽい意味ではない。戦争は、目的が手段を選ばない政治の論理で考えるべき領域であって、目的と手段を分離できない文学が扱うべきものではないということである。

だから、小林は、戦争になったら、文学者としてではなく、一兵士として臨むと言ったのだ。文学者として戦争に臨むというのは、矛盾だからである。その意味では、戦争に反対するという行為は政治であるから、文学者として反戦を唱えるというのも矛盾である。

非常時の政治というものはあるが、非常時の文学とか、非常時の思想とかいったものはない。ただし、非常時の困難が思想や文学といった精神文化を鍛え上げるということはある。非常時には、非常時と平時とを問わない普遍的価値の所在が明確になるからだ。その意味において、小林は、戦争という非常時を、文学を鍛える試練として積極的に受け入れた。

　事変は、日本を見舞つた危機ではない。寧《むし》ろ歓迎すべき試煉である。僕は非常時といふ言葉の濫用《らんよう》を好まぬ。困難な事態を、試煉と受取るか災難と受取るかが、個人の生活でも一生の別れ道とならう。（「事変と文学」〔昭和十四年〕、第七巻P59）

しかし、戦時統制下で言論の自由が著《いちじる》しく制約される中で、精神文化が鍛えられるなどということがあり得るのだろうか。自由主義《リベラリズム》によれば、精神文化の発展には自由が不可欠であり、そして自由とは、統制や強制のない状態のことを指すのである。非常時の統制を歓迎する小林は、自由主義者ではない。

戦時統制が強まっていく中、法学者の宮沢俊義は、明治以来の自由主義が後退して、言論の自由が重大な制約をうけるようになりつつあるという懸念を表明していた。

その宮沢の論考を、小林は批判した。ただし、小林は、「自由」そのものを否定したのではない。もちろん、戦時体制を擁護したわけでもない。小林は、宮沢が依って立つ自由主義の「自由」概念などは贋物《にせもの》だと批判したのである。

小林は、自由主義における自由の概念とは別種の「自由」を唱えたのであった。

> 一体、人間の自由といふ様な大問題が、自由主義が流行るのすたるのといふ様な問題にあつて堪るものではない。（中略）個人主義のなかに自我を見附ける様なあんばいに、自由主義のなかに、自由を見附けた処で何にならう。そんな自由は贋物である。さういふ自由を抱へて、統制を専《もつぱ》ら弾圧と考へ、只管《ひたすら》文化の敵と考へるのは、思想恐怖病の様に、事毎《ことごと》に自由主義的な物の考へ方が怪《け》しからぬと言ふ当局の下手な取締りと丁度い丶勝負である。
> 僕は人間の自由をそんな風には考へない。鑿《のみ》を振つて大理石に向ふ彫刻家は、大理石の堅さに不平を言ふまい。鍛錬が、彼に統制のない処に創造の自由もない事を教へたのであつて、彼の考へ方に何んのからくりもない。今日の政治的統制には、統制の技術がたとへ拙劣にせよ、新しい事態に基礎を置いた大理石の様な堅さがある事に間違ひはないのだ。（「疑惑Ⅱ」〔昭和十四年〕、第七巻P65－66）

自由主義者は、制約のない状態を「自由」だと考えている。しかし、そもそも人間とは、自然世界や社会世界といった環境に制約され、そうした制約の中で生きる存在である。人が環境を作るという側面はあるにせよ、環境が人を作るという側面もあるわけだから、結局のところ、環境の制約からは逃れられない。とりわけ非常時においては、環境は、人間の力ではますます抗し難い制約、一言で言えば「運命」となって重くのしかかる。

人間とは、本来的に、環境という制約の中で生きている存在である。だとするならば、制約がない状態という、自由主義的な意味における「自由」を追求することに、いったい何の意味があるのか。そのような自由の追求は、単なる現実逃避、あるいは空想に過ぎない。

では、小林の言う「自由」とは何か。それは、彼が挙げた大理石に向かう彫刻家の比喩が端的に示している。

すなわち、環境の制約を受け入れた上で、その制約の中で、政治家であれば個々の生活上の問題を実践的に解決しようと奮闘し、文学者であれば普遍的な作品を創造しようと努力すること。これが、小林の言う「自由」である。制約があると失われるのではなく、その反対に、制約がないと失われるのが「自由」なのだ。

制約がないと自由が失われる？　自由主義的な意味における「自由」の概念に慣れ切った我々には、理解し難い逆説であろうから、粘り強く解釈を試みる必要がある。

まず、手掛かりとなるのは、昭和二十九年の短い随筆「自由」である。

そこで小林は、ハーバート・リードという批評家の本に言及し、イギリス人がリバティーとフリーダムの言葉のニュアンスの違いを感得して使い分けているという話に興味を示す。それによれば、リバティーは、市民の権利として社会から与えられたものである。これに対して、フリーダムは、自己を実現しようとする個人的な態度のことを指すのであって、リバティーのように、外部から与えられるようなものではない。だから、芸術家の創造のフリーダムとは言うが、創造のリバティーとは言わない（「自由」〔昭和二十九年〕、第九巻P170）。

このように、リバティーとは、社会や国家といった集団の問題である。これに対して、フリーダムは、あくまで個人の内面の精神の問題である。

いわゆる自由主義者の「自由」の概念は、「リバティー」を指している。これに対して、小林が言う「自由」とは、「フリーダム」のことなのだ。

■悲劇と自由

小林の言う意味における「自由《フリーダム》」を体現したのは、政治家で言えば、マキアヴェリであり、[15]文学において体現したのは、ドストエフスキーである。そして音楽においては、モーツァルトであった。

すでに述べたように、小林の言う「自由」を実現するのに必要な条件は、制約をなくすことではなく、その逆に、制約があることであった。

天才による創造という行為は、自由である。そのことに異論はないだろう。だが、天才というものは、進んで自らに重い制約を課す才能のことであり、難しい問題をわざわざ見つけてきてはそれに挑戦する才能のことだということは、それほど理解されてはいないのではないか。

> 天才とは努力し得る才だ、といふゲエテの有名な言葉は、殆ど理解されてゐない。努力は凡才でもするからである。然し、努力を要せず成功する場合には努力はしまい。彼には、いつもさうあつて欲しいのである。天才は寧ろ努力を発明する。凡才が容易と見る処に、何故、天才は難問を見るといふ事が屡々《しばしば》起るのか。詮ずるところ、強い精神は、容易な事を嫌ふからだといふ事にならう。自由な創造、たゞそんな風に見えるだけだ。制約も障碍もない処で、精神はどうしてその力を試す機会を摑《つか》むか。何処にも困難がなければ、当然進んで困難を発明する必要を覚えるだらう。それが凡才には適はぬ。抵抗物のないところに創造といふ行為

15　「強制されない状態」を「自由」とみなすリベラリズムが始まったのは、マキアヴェリが生きたルネサンス期よりも後、十七世紀以降のことである。Quentin Skinner, *Visions of Politics, Vol. II, Renaissance Virtues*, Cambridge, Cambridge University Press, 2002.

はない。これが、芸術に於ける形式の必然性の意味でもある。（「モオツァルト」〔昭和二十一年〕、第八巻P84）

創造とは、抵抗物を克服する行為である。芸術というものには、必ず、型とか形式とかいった制約が課されている。それは、抵抗物のないところに創造はないからなのだ。

だから、芸術の基本は、型の抵抗を受けること、すなわち型を徹底的に模倣することにある。型の制約から解放されると個性が創造性を発揮する、などというのは、自由主義者の妄想である。模倣には独創性がない、などというのも誤解に過ぎない。創造の基本は、型の模倣である。他者や伝統を徹底的に模倣し、模倣し尽くした先に、どうしても模倣できない何かが残ったら、それこそが「独創」である。したがって、模倣がなければ、独創にはたどり着かない。

型と違うことをやるなどということは、造作もなくできる。本当に難しいのは、型を徹底的に模倣することである。そして、天才は難しいことが創造の源泉だと知っているから、わざわざ、難しい方、すなわち型の模倣を選ぶ。モーツァルトの独創とは、徹底的な型の模倣の産物であった。「独創家たらんとする空虚で陥穽《かんせい》に充ちた企図などに、彼は悩まされた事はなかった。模倣は独創の母である。唯一人のほんたうの母親である。二人を引離して了つたのは、ほんの近代の趣味に過ぎない。模倣してみないで、どうして模倣出来ぬものに出会へようか」

（「モオツァルト」〔昭和二十一年〕、第八巻Ｐ113）。

創造の母である制約は、型だけではない。自らに偶然に課せられた厳しい環境――端的には戦争――という制約もまた、創造の源泉となる。したがって、天才は、自らが負った過酷な運命をむしろ歓迎する。

モオツァルトの環境が、若しもつと善かつたらといふ疑問は、若し彼自身の精神がもつと善かつたらと言ふ愚問に終る。これは、凡そ大芸術家の生涯を調査するに際して、僕等を驚かす例外のない事実である。ニイチェの様な意識家は、その生涯の労作を終るに当つて、この事実を記して置くのを忘れなかつた、Amor fati――これが、自分の奥底の天性である、と。モオツァルトにとつて制作とは、その場その場の取引であつた。彼がさう望んだからである。
（「モオツァルト」〔昭和二十一年〕、第八巻Ｐ111）

「その場その場の取引」とは、即興曲のことである。即興は、事前に準備することが許されず、時間、場所あるいは状況といった厳しい制約を課せられる。偶然、もっと言えば運命に制約された中での創造行為こそが、即興なのだ。

だが、天才にとっては、こうした動かし難い制約こそが、創造という自由に不可欠の条件なのである。

彼は、その場その場の取引に一切を賭けた。即興は彼の命であつたといふ事は、偶然のもの、未知のもの、予《あらかじ》め用意した論理ではどうにも扱へぬ外部からの不意打ち、さういふものに面接する毎に、己れを根柢から新たにする決意が目覚めたといふ事なのであつた。単なる即興的才の応用問題を解いたのではなかつた。恐らく、それは、深く、彼のこの世に処する覚悟に通じてゐた。（「モオツァルト」〔昭和二十一年〕、第八巻P111）

「偶然のもの、未知のもの、予め用意した論理ではどうにも扱へぬ外部からの不意打ち」と言えば、あの戦争もそうであろう。それゆえ、小林はあの戦争を悲劇あるいは運命として受け止め、反省を拒んだことは、すでに述べた。悲劇・運命が自由の条件であるというのが、小林の自由論である。ならば、あの戦争は、自由の条件だったとでも言うのか。

その通りである。

終戦後間もない昭和二十六年の講演の中に、文字通り「悲劇について」という題名のものがある。その講演の中で、小林は言う。「悲劇を見る人は、どうにもならぬ成行きといふものを合点してゐる。あの男が、もつと悧巧に行動したら、或はあの時別な事件が起つたら、かうはならなかつたであらう、そんな事は考へない」（「悲劇について」〔昭和二十六年〕、第九巻P150）。政治指導者がもっと利口に行動したら、あのような戦争は起きなかったであろうなどと考えるのは、「モオツァルトの環境が、若しもつと善かつたらといふ疑問は、若し彼自身の精神がもつと善かつたらと言ふ」のと同様、「愚問に終る」のだ。

あの戦争が端的に示したように、人間というものは、環境に制約され、環境の成行き次第では、どうすることもできない存在である。それにもかかわらず、人間は、自由への意志をもち、自由があり得ると信じている。では、自分の運命を思い通りにできない存在である人間にとっての「自由」とは何か。

合理的に考へれば、人生の事はすべて必然的に生起する。合理的な思惟の下では、自由の問題そのものが不可能になります。併し自由はある。私達が生きてゐるとは自由を信じてゐる事に他ならないからだ。外的必然に屈服すれば人間は一個のメカニズムとなるでせう。内的自由が全能ならば人間は神になるでせう。ところが人間は、そのどちらでもない。この中途半端な人間の状態を肯定するならば、進んでこの現実の状態は、必然とか自由とかといふ図式的な区別を超えたもつと深い状態であると信じた方がよい様です。そしてかういふ思想は、各人の生き方のうちに、各人の自覚として現れて来る他はない。充実した生は、中途半端な人間の現実の状態をそのまゝ純化しないか。生活の充実感とは、自由な意志が存在全体の必然関係から遊離せず、これと有機的に関係するといふ感覚ではないのか。個人の意欲と全体の存在との合一感ともいふべきものは、緊張した行為が否応なく人間に自覚させるものではないか。これが運命感である。（「悲劇について」〔昭和二十六年〕、第九巻P151）

自由な意志による行動が、環境の必然的な成行きと合致する。自分の意志で自由に選びとったはずの生き方が、こうするより他になかったという感覚をもたらす。この運命感が、生きているという充実感となるのであり、この充実した生のことを小林は「自由」と呼ぶ。いや、人々が「自由」として直感するものは、本来は、そういうものではないのかと小林は言っているのだ。

環境の制約がなければ、こうして、この生の充実感に達することはできないのだから、自由もまたあり得ないということになろう。制約があることは、自由の必要条件となるのである。

小林は「銃をとらねばならぬ時が来たら、喜んで国の為に死ぬであらう」〔注：傍点筆者〕と言った。なぜ「喜んで」なのか。それは、銃をとらねばならぬ不可避の運命と、国のために戦うという自らの意志が合致して、生の充実感・運命感、すなわち「自由」を得るからである。

戦争になったら国のために喜んで死ぬことが「自由」などというのは、自由主義者にはどうあっても理解し難いであろう。それは、自由主義者にとっての「自由」が、「リバティー」という社会という外部から与えられた市民の権利のことだからだ。その意味では、確かに、戦時中には「リバティー」は失われている。

これに対して、「フリーダム」は、自己を実現しようとする個人の姿勢のことである。国のために戦うことが個人にとって自己実現となるならば、その個人の精神の内には「フリーダム」が働いている。戦時中でも、「自由《フリーダム》」はあり得るのだ。

逆に言えば、戦後は、国家によってリバティーが保証された。しかし、だからと言って、フリーダムがあるとは限らない。戦前は不自由だったが、戦後は自由になったなどという俗説は、「自由」の意味を「リバティー」としてしか理解していないがゆえの誤謬《ごびゅう》に過ぎない。

> 日本には自由といふ一語しかないのだが、それで、フランス人の様には、別段不便も感じてゐない様である。自由主義者になるのには、自由といふ一語しかない方が余程便利かも知れない。
>
> 言論の自由を与へよ、といふプラカードの下に、いくら沢山な人が行進しようと、自分の苦心創作になる言論をだれも持つてゐなければ、自由の死骸を求めて、歩いてゐる様なものだらう。

精神の自由は眼に見えない。黙々として個人のなかで働いてゐるし、またそれは個人にしか働きかけない。精神の自由を集団的に理解する事は出来ない。（「自由」〔昭和二十九年〕、第九巻P171）

小林は、戦時中にモーツァルトを聴き、終戦直後に「モオツァルト」を発表して、フリーダムについて論じたのだった。しかし、皮肉にも、戦後、リバティーが氾濫する中で、フリーダムの方はかえって見失われていったのである。

■自由論としての「モオツァルト」

即興で作曲するモーツァルトの「この世に処する覚悟」と、国民が黙って戦争に処した覚悟とは、運命を覚悟し、そこから逃げないという意味では、基本的に同じ精神である。

もっとも、思想家あるいは芸術家と、一般の国民とでは、大きな違いもある。

第二章において言及した正宗白鳥との論争でも明らかなように、小林は、思想家や芸術家の精神は、実生活に根を持ちつつも、実生活を超越してしまい、実生活との間に矛盾を来さざるを得ないものだということを強調した。実生活の中に埋没した精神は、環境によって作られた風俗習慣に過ぎないのであって、環境の制約あるいは風俗習慣から出なければ、思想や芸術にはならない。

危機に対して「黙つて処した」［注：傍点筆者］のは、確かに国民の智慧である。しかしそれは、あくまで生活者の風俗習慣による智慧であり、無自覚に発揮された智慧である。これに対して、思想家や芸術家は、「この世に処する覚悟」を自覚し、しかも「黙つて」ではなく、表現によって処するのでなければならない。環境によって作られてきた風俗習慣を超えて、芸術表現を創造しなければならないのである。

生活してゐるだけでは足りぬと信ずる処に表現が現れる。表現とは認識なのであり自覚なのである。いかに生きてゐるかを自覚しようとする意志的な意識的な作業なのであり、引いては、いかに生くべきかの実験なのであります。かういふところで、生活と表現とは無関係ではないが、一応の断絶がある。悲しい生活の明瞭な自覚はもう悲しいものとは言へますまい。人間は苦しい生活から、喜びの歌を創造し得るのである。芸術の成立を歴史的に社会学的に解明しようとする思想は、表現といふ言葉の持つ意志的な意味を台無しにして了つた。環境の力はいかにも大きいが、現に在る環境には満足出来ない、いつもこれを超えようとするのが精神の最大の特徴であります。（「表現について」〔昭和二十五年〕、第八巻Ｐ134）

このように、思想や芸術は、実生活とは違う領域にある。そして、それは、政治の領域とも本質的に異なる。

先にも述べたように、政治の領域においては、目的のためには手段を選ばないという論理は成り立ち得る。しかし、芸術の領域では、手段こそが目的である。例えば文学者であれば、言語表現は手段であると同時に、目的でもある。文体は拙劣だが、その目的によって高く評価される文学などというものはない。優れた芸術家とは、その行き先が優れているのではなく、歩き方が優れているのである。「モオツァルトは、歩き方の達人であつた」（「モオツァルト」〔昭和二十一年〕、第八巻P112）。

別の言い方をすれば、政治という手段にどんな価値があるかは、政治の外から与えられた目的をどれだけ達成したかによって決まる。政治は、その目的を自ら創造しない。その意味で、政治は他律的である。

これに対して、芸術という手段の目的は、芸術の外から与えられてはいない。芸術という手段それ自体が、目的である。芸術の目的は、芸術が創造するのである。その意味で、芸術は自律的である。

ただし、誤解を避けるために、ここで再び、思想や芸術と、実生活や政治との共通点についても確認する必要がある。

一つは、すでに述べたように、両方とも、あるがままの現実の制約を受けるということである。そして、それと関連することだが、もう一つは、「手段」が重要だということである。

小林はマキアヴェリを読んで、政治とは「臨機応変の判断であり、空想を交へぬ職人の自在な確実な智慧である」と述べた。

同様に、彼は、ドイツの軍人ゼークトの著書『一軍人の思想』を読んで、深く心を動かされ、その感動をこう記す。

　はつきりと答へられぬまゝに、僕は、自分の職分について徹底した認識を持つた人間の力といふものに想ひを致さざるを得ない。恐らくゼークトは、経験によつて熟知した事柄の世界を一歩も出ようとはしなかつた。その世界だけが唯一つの信ずるに足りる、明らかに考へるに足りる、又確実に何物かを創り出せる世界であつた。かくの如きが生活の健康であり、その集りが文化といふものの屋台骨をなす。(「ゼークトの『一軍人の思想』について」(昭和十八年)、第七巻P178)

政治とは、現実という限界の中で、目の前の問題を解決しようとする技術である。政治は政治家という職分の技術であり、軍事は軍人という職分の技術である。卓越した政治家あるいは軍人は、その掲げる「目的」が優れているのではなく、その手段（技術）が優れているのである。だから、小林は、政治家を職人になぞらえた。

　肝心なのは、手段であり、技術である。このことは、芸術には、より一層当てはまる。芸術は、政治と違って、手段こそが目的である。政治以上に手段がすべてである。第一章で述べたように、文学の価値を決めるものは、文体という手段・技術の巧拙である。したがって、文学者もまた、職人になぞらえられる。「文学者は刻苦《こつく》精励《せいれい》して、作品といふ現実の物を作り出す職人なのです。労働者、勤労者です」（「文学者の提携について」〔昭和十八年〕、第七巻P180）。

　小林は、ゼークトを読んで、「観念的なるが故に普遍的である様な一切の思想に対する断乎たる侮蔑が響く。思想を思想によつて得ようとする或は思想を思想によつて説かうとする亡者達の頭上に」（「ゼークトの『一軍人の思想』について」〔昭和十八年〕、第七巻P172）と書いた。

　これを自由主義《リベラリズム》に即して読み換えるならば、こうなる。「観念的なるが故に普遍的である様な自由主義《リベラリズム》に対する断乎たる侮蔑が響く。自由《フリーダム》を自由主義《リベラリズム》によつて得ようとする或は自由《フリーダム》を自由主義《リベラリズム》によつて説かうとする亡者達の頭上に」。

　実際、戦時中にモーツァルトを聴いて自由《フリーダム》を想った小林は、こう書いたのである。

　モオツァルトは、目的地なぞ定めない。歩き方が目的地を作り出した。彼はいつも意外な処に連れて行かれたが、それがまさしく目的を貫いたといふ事であつた。彼の自意識の最重要部が音で出来てゐた事を思ひ出さう。彼の精神の自由自在な運動は、いかなる場合でも、音といふ自然の材質の紆余曲折した隠秘《いんぴ》な必然性を辿る事によつて保証されてゐた。アラディンのランプは物語の伝へる通り、宙に浮いてはゐなかつた。**この様な自由を、所謂自由思想家達の頭脳に棲んでゐる自由と取違へまい。彼等の自由には棲みつく家がない。自由の観念を保証してくれるものは自由の観念しかない、といふ半ば自覚された不安が、彼等の懐疑主義の温床となる。**モオツァルトにとつて、自由とは、さういふ少し許《ばか》り芥子《からし》を利かせた趣味ではなかつたし、まして、自由の名の下に身を守らねばならぬ様な、更に言へば、自分自身と争つてまで、頭上にかゝげねばならぬ様な、代償を求めて止まぬ、自由の仮面ではなかつた。［注：太字強調は筆者］（「モオツァルト」〔昭和二十一年〕、第八巻P113）

このように、「モオツァルト」を自由論として解釈することは、小林の思想全体を理解する上でも、大変重要であるように私には思われる。

大岡昇平は、小林が昭和十七年頃から次第に『無常といふ事』と『美』の世界に引きこもる」傾向を見せ、戦争や政治については書かなくなったとしている。また、小林は昭和十八年の大東亜文学者大会には参画したものの、「しかし彼が南京の宿舎で書くのは『モオツァルト』である」と大岡は述べ、こう続けている。

「これはランボオ以来、常に絶対を探求する性急な知性であった。戦争中彼は『国民の沈黙』だけを絶対と見る立場によって、権威の側に就《つ》いたが、それも不調和が生じて来た。戦争を遂行する機関には容れられなくなった。戦後一層顕著になる隠者的生活態度はこの間に形成された」（大岡昇平「解説」、第七巻P350）。

小林の近くにいて彼を深く理解していたはずの大岡の目にすらも、戦争末期における小林の姿は、無常と美の世界に引きこもる「隠者的生活態度」と映った。しかし、小林は、「モオツァルト」によって、美の世界に引きこもったのではなく、自由について積極的に語ったのである。現世から目を背ける隠者だったら、戦争末期に「自由」という政治学の最重要概念について思索を深めたりはしないだろう。

そもそも、小林は『国民の沈黙』だけを絶対と見る立場によって、権威の側に就」いてなどいない。彼が絶対と見たのは、あるがままの現実である。そして、彼が、権威の側に就くどころか、権威を批判していたのも、これまで見てきた通りである。

昭和十八年の大東亜文学者大会における講演「文学者の提携について」においてすら、小林は、アジアの文学者の提携・協力という大会の理念そのものを、痛烈に批判していた。

「文学者といふものは、イデオロギイの考案者ぢやありません。イデオロギイの解説家でもない、宣伝家でもない。文学者は刻苦精励して、作品といふ現実の物を作り出す職人なのです」（「文学者の提携について」〔昭和十八年〕、第七巻Ｐ180）。

「われわれの提携運動の前途には小人同じて和せざる危険があるかないか、これはわれわれの努力次第です。かういふ大提携運動には、勿論政治家の協力が必要だ。政治的手段、組織が必要だ。しかし、文学者間の真の和は、つまるところ、作品を創るといふ実際の仕事の容易に人の知り難い喜び、或は苦しみを互に分ち合ふといふところに現れざるを得ないのであります。さういふことを考へますと、提携といふことは戦ひと同様に困難な仕事だと思ひます」（「文学者の提携について」〔昭和十八年〕、第七巻Ｐ182）。

　この講演には、政治の領域と芸術の領域とでは論理が異なるという、「モオツァルト」で展開された議論が貫かれている。そして、「様々なる意匠」以来のイデオロギー（意匠）批判も、公言されている。文学を政治目的に資するイデオロギーとして利用するための組織である大東亜文学者大会の場で、公然とイデオロギーを批判したのである。この講演を聴いて、小林が権威の側に就いたとみなすのは、随分とお目出度い者であろう。

　そして、次章以降で確認していくように、この戦時中の小林の姿勢は、戦後にも貫かれていた。「様々なる意匠」で、「人はこの世に動かされつゝこの世を捨てる事は出来ない、この世を捨てようと希ふ事は出来ない。世捨て人とは世を捨てた人ではない、世が捨てた人である」と言い切って立った小林は、その後の生涯においても「隠者的生活態度」をとるようなことはなかったのである。

第五章　政治

■「政治といふものは虫が好かない」

確かに、戦後の小林秀雄は、例えば日本国憲法、東西冷戦下の国際政治、日米安保などについての政治論争に積極的に加わったわけではないし、現役の政治家について論評することも稀であった。それどころか、「政治といふものは虫が好かない」（「政治と文学」〔昭和二十六年〕、第九巻P60）とまで言い切っていた。

しかしながら、小林は、具体的な政治については語らなくても、「政治的なもの」については、実は頻繁に言及し、考察を深めていたのである。小林は、政治は虫が好かなかったのかもしれないが、関心がなかったわけではないし、当時の政治情勢に背を向けていたわけでもない。それに、第三章において見たように、小林は、マキアヴェリの政治学を実に深く理解していた。では、どういう意味において、「政治といふものは虫が好かない」などと言ったのであろうか。この点を中心に、政治と文学を比較しつつ、小林秀雄の政治学について考察していこう。

その前に、前章までの議論において明らかになった政治と文学の違いについて、改めて確認しておくならば、次の三点に要約される。

第一に、政治とは実生活上の問題を解決する技術であるのに対して、文学は、実生活を超越したものを創造しようとする技術である。したがって、政治はあくまで実際的でなければならないが、文学には、実生活との間に乖離《かいり》が生じてしまう。

第二に、政治の場合は、情勢の変転、とりわけ危機に対して、臨機応変に方針や政策を変えることが成功の必須条件である。他方、文学では、情勢の変化に応じて自らを変化させることで成功するとは限らない。むしろ、文学の成功は、情勢の帰趨《きすう》にかかわりのない普遍性にある。

第三に、政治とは、目的のためには手段を選ばないという論理が成り立ち得る領域である。これに対して、文学の領域においては、手段こそが目的であり、目的が手段を正当化するという論理は成り立ち得ない。

この政治と文学の違いは、どこから来るのか。それが講演「政治と文学」の主題であった。結論を先取りすれば、扱う対象が違うのである。すなわち、政治の対象は集団や社会であるのに対し、文学の対象はあくまで個人であった。

若い頃の小林は、「人間は文字通りの政治的動物だ。単に社交的動物であるのみならず、社会においてのみ個別化され得る動物だ」というマルクスの言葉を引きつつ、「社会においてのみといふ主辞に重点を置いて一つの表現が成り立つ。個別化され得るといふ賓辞《ひんじ》に重点を置いて又別の表現が成り立つ」（「年末感想」〔昭和七年〕、第一巻Ｐ226）と述べていた。社会に重点を置くのが政治であり、個人に重点を置くのが文学というわけである。

それからおよそ二十年後の講演「政治と文学」において、小林は、次のように語っている。

文学者というものは、「自己を表現するのに、自己の体験を離れる事は出来ない、どうしたらそんな狭い道から、広い道に出られるか、その明らかな方法は誰にも、当人にも解らない。判然と解らないが、たゞ力を尽してやつてみるといふ事が、即ち思想を創り出す道だと信じてゐるだけだ」（「政治と文学」〔昭和二十六年〕、第九巻Ｐ66）。

これに対して、「政治家には、私の意見も私の思想もない。そんなものは、政治といふ行為には、邪魔になるばかりで、何んの役にも立たない。政治の対象は、いつも集団であり、集団向きの思想が操れなければ、政治家の資格はない。だから無論、彼等は、思想を自ら創り出す喜びも苦しみも知らない」（「政治と文学」〔昭和二十六年〕、第九巻Ｐ67）。

文学とは、個人が思想を創造するという行為である。ドストエフスキーやモーツァルトに端的に現れているように、文学や芸術は、社会の実生活を超えて思想を生み出す個人の創造行為である。

これに対して、政治とは、集団を操り、社会の実生活を管理するという行為である。自己が集団から逸脱したり、社会の実生活を超えてしまったりしては、政治にはならない。実生活を超えた思想を創造するなどということは、政治にはあり得ないのだ。

文学者の小林が「政治といふものは虫が好かない」のは、政治が、個人による創造の領域ではないからなのだ。

確かに、人間は、集団で行動し、社会に属するという意味では、本質的に「政治的動物」である。小林はそのことを認めつつも、「政治的動物」という言葉の「政治的」よりもむしろ「動物」に重点を置く。政治は、獣性あるいは非人間性を帯びるというのである。

人間は政治的動物だとは古《いにしえ》の賢人の洞察であつた。彼は現代に生れて、人間は政治の動物性に対して警戒せよと言はぬだらうか、さういふ事をくよくよ思ひ患《わずら》つてゐると、貴様は政治的関心がないと叱られるといふ次第です。政治家は、文化の管理人乃至《ないし》は整理家であつて、決して文化の生産者ではない。科学も芸術も、いやたつた一つの便利な道具すら彼等の手から創り出された例《ため》しはない。彼等は利用者だ。物を創り出す人々の長い忍耐も精緻な工夫も、又、そこに託される喜びも悲しみも、政治家には経験出来ない。政治家を軽蔑するのではない、これは常識である。かういふ常識の上に政治家の整理技術は立つべきであると考へてゐるだけなのです。（「私の人生観」〔昭和二十三年〕、第九巻P40－41）

なぜ、政治は、非人間的なものになるのか。これが、戦後における小林秀雄の政治学の中心的なテーマである。

■政治の組織化

「私の人生観」「政治と文学」といった講演や「考へるヒント」に収められた諸随筆は、政治という集団行為の獣性について繰り返し語っている。民主政治であっても獣性からは逃れられない。いや、むしろ民主政治の方が、大衆参加の巨大な集団行為であるがゆえに、その獣性・非人間性はいっそう著しいのである。

具体的に追っていこう。

小林は、晩年のベルグソンが、これからの政治には大人物は生れないだろうと言ったことを受けて、こう語っている。

> 大人物といふからには、及び難い人格とか、個性とかを指す筈《はず》であり、従つて又、これと自ら手を下す仕事との間の完全な有機的な統一をいふ筈です。ところが、政治の仕事が国際化して、いよいよ複雑なものになると、その取扱ふ厖大な材料に関する正確な知識などは、どんな政治専門家の手にも余る。手に余るのは知れ切つてゐるが、あらゆる曖昧さと偶然とを追ひ、何とか彼とか仕事をしなければならない。さういふ事になつては、もはや大人物な

> ど用はないどころではない。化けもの染《じ》みた仕事である。（中略）
> 扱ふ材料に精通し、材料の扱ひ方に個性的方法を自覚し、仕事の成行きに関し、素人の覗《うかが》ひ知れぬ必然性を意識し、成就した仕事に自分の人格の刻印を読む、さういふ事がどんな仕事にせよ、練達の人には見られるのであるが、さういふ健全な、又極めて人間的な仕事の性質は、政治といふ仕事には、現れやうがなくなつて来てゐる。そこで、どうしても政治の仕事には、組織化といふものが必要になつて来る、組織化とは機械化を意味します。（「私の人生観」〔昭和二十三年〕、第九巻P39）

社会が複雑化・肥大化し、さらに国際化したために、政治は、もはや政治家個人の経験や力量によって扱えるような代物ではなくなった。そうした社会を管理していくには、個人ではなく、組織機構によらなければならない。しかし、組織化とは機械化である。政治の組織化とは、政治の機械化であり、それは人間性の喪失を意味する。

なぜ、組織化は機械化を意味するのか。どうして、組織は非人間的な性格を帯びるのか。この問いについて、小林の言語論に立ち戻りつつ考えるならば、次のようになるだろう。

人間は、言語に典型を見るように、社会の中で、一定の制度あるいはルールを共有している。言語のおかげで他者と意思疎通ができるように、社会が共有するルールのおかげで、人間は組織を形成して、集団行動を行い、さらには社会を構成することができる。他人がルールに従うということが前提となれば、その者の次の行動が予測可能なものとなるからである。例えば、「車社会」が可能となるのは、社会の構成員が交通ルールを共有しているからであろう。交通ルールがなく、自動車がどこを走るのかが予測できないようでは、車社会は成り立ちえないであろう。

しかし、ルールは、社会で共有され、集団行動が可能になることの代償として、ルールから外れた自由な行動については、これを許容しないのである。

もちろん、ルールを増やし、細かく規定すれば、行動の自由をより広く許容できるであろう。しかし、それにも限界がある。なぜならば、ルールというものは言葉によって表現されるのだが、言葉は現実の全てを表現することができないからだ。結局、ルールをどう書こうと、言葉を通じて他者と共有できること以上の行動の自由は、どうあっても許容できないのである。

第一章で見たように、小林は、言葉について、こう書いていた。「最初に言葉が語られたといふ事実があつた。これは、精神が言葉に捕へられて、言葉に捕へられる事によつてのみ明るみに出たといふ光栄を語つてゐるのだが、同時にこの言葉を聞いた人間がゐたといふ事は、言葉が共通な伝達物と化して不死の死となつたといふ不幸を語るものである」(「アシルと亀の子

Ⅳ」（昭和五年）、第一巻Ｐ59）。

　言葉は、現実のごく一側面だけを固定して表現するに過ぎない。このため、精神が豊かで動態的であっても、言葉はその精神の一部だけを固定して表現せざるを得ない。その結果、豊かな動態を失った精神のスナップ・ショットだけが他者に伝達される。これが、「言葉が共通な伝達物と化して不死の死となつたといふ不幸」である。

　ルールの言葉もまた、集団の組織化を可能にするが、「組織化とは機械化を意味」する。小林の言う「機械化」と「不死の死」とは、同じことである。そう考えると、小林の政治学の基礎には、彼の言語論があることが察せられるだろう。

　さて、政治は集団を組織化するものであり、そして、組織化は機械化・非人間化を意味する。その政治が、社会や国家あるいは人類全体といった大規模な集団を組織化するために、思想を利用することがある。そのような政治化された思想が、イデオロギーと呼ばれるものである。

　第二次世界大戦は、戦後、自由主義対全体主義というイデオロギー対立として語られた。そして、冷戦は、民主主義対共産主義というイデオロギー対立となった。このイデオロギーを、小林は警戒し、嫌悪したのである。

　冷戦下のイデオロギー対立について、小林は、こう述べている。

「第一次大戦が思想的根拠を欠いてゐる処に注意し給《たま》へ」と彼〔注：ジイド〕は言つたが、第二次の大戦となると、全体主義と自由主義との思想的対立が明らかになつて来る。今日の人々は第三次世界大戦が到来しやしないかといふ不安を感じてゐるが、其処には、特に、経済上の衝突とか、資源の争奪とかいふ外的原因があるといふわけではなく、寧ろあり余る資源を擁した二大国家が、互に妥協せぬ民主主義共産主義の思想を掲げて正面衝突をしてゐるといふ処に、危機は醸されてゐる様である。さうなると、ジイドは、考へ直すであらうか。無論、そんな事はあるまい。互に己れを主張し、攻撃と防禦の機を覗《うかが》つてゐる様な思想は、権力のかぶつた仮面に過ぎないからであります。これらの思想は各々の陣営の中に住んでゐるので、人間の精神の裡にあるのではない。己れを実現する為の、最も現実的な保証なり根拠なりを、原子爆弾の数の上に置いてゐる、さやうなものを思想と呼ぶのは滑稽である。この思想としての内的根拠を全く欠き、一方、物質のシステムの明瞭性も全く欠いた怪物に、世人は、イデオロギイなどといふ豪《えら》さうな名を付けました。（「政治と文学」〔昭和二十六年〕、第九巻P65－66）

イデオロギーは「思想としての内的根拠を全く欠」いているだけでなく、「物質のシステムの明瞭性も全く欠」いていると小林が言っていることに注意が必要である。

文学は、表現者の自己の体験や精神を離れることはできない。これに対して、イデオロギーは、集団が共有するものであって、各自己に固有の体験や精神などは捨象されている。「思想としての内的根拠を全く欠」くとは、そういう意味である。したがって、イデオロギーは、文学の領域にはない。

その一方で、イデオロギーは、「物質のシステムの明瞭性も全く欠」いている。例えば、「経済上の衝突とか、資源の争奪とかいふ外的原因」を巡る対立であれば、「物質のシステムの明瞭性」はあると言える。物質的な生活上の問題だからである。小林は、この物質的な生活上の問題を解決しようとする技術こそが、本来の政治であると考えていた。ところが、イデオロギーは、この物質的な生活上の問題とも関係がない。イデオロギーが「物質のシステムの明瞭性も全く欠」いているということは、（本来の）政治の領域からも外れているということだ。

言い換えると、次のようになる。

政治とは、本来、物質的な生活上の問題を解決するための管理技術である。そして、物質的生活を管理するためには、集団や社会を組織化する必要がある。だが、組織化とは、機械化である。政治は、各個人に固有の体験や内面の精神を汲み取ってなどいられない。しかし、自己の体験や内面の精神を捨象したら、思想の創造などはあり得ない。したがって、政治の領域から思想が創造されることはあり得ない。思想を創造するのは、文学の領域である。

ただし、小林は、組織化＝機械化され、思想を創造できない政治の領域を、不要であるとも、悪であるとも考えていない。人間は政治的動物であり、そして物質的生活が不可欠である以上、政治の領域は必要なのである。

小林が問題にしたのは、政治と文学というまったく異なる領域が混じりあうことであった。もっと言えば、政治の領域が文学の領域を汚染することであった。つまり、政治が思想を組織化して、人間の内面の精神を管理しようとすることである。その組織化された思想が、イデオロギーである。こうして、イデオロギーは、人間の精神を非人間化する。

したがって、政治の領域と文学の領域とは、明確に分けるべきである。これが、小林の結論である。精神や思想は、文学や芸術の領域に委ねて、政治は、物質的生活の管理技術だけに集中すべきなのである。

そして、そのための第一歩は、政治というものの本質を理解することだと小林は言う。先ず認識すべきは、政治とは、集団を対象にするがゆえに、組織化・機械化へと向かう傾向にあるということだ。

　さういふ政治の傾向を、まさにさういふものだと徹底的に認識する精神は、現実の力です。政治の機械化が政治の自己防衛ならば、さやうなものと認識するのは人間の自己防衛である。

社会人である限り非政治的人間などといふものはあり得ないが、反政治的精神といふものは在り得るのだし、なければならぬと思ひます。さういふはつきりした次第であれば、政治は徹底的に組織化され、さつぱりと一つの能率的な技術となつた方がいゝ。政治的イデオロギイといふ様な思想ともつかず、術策ともつかぬ、わけのわからぬ代物を過信する要はない。さやうなものは、政治組織の円滑な運転の為の油だと思へばよい。油の成分など簡単なほどよいのである。政治家は、社会の物質的生活の調整を専ら目的とする技術家である、精神生活の深い処などに干渉する技能も権限もない事を悟るべきだ。政治的イデオロギイ即ち人間の世界観であるといふ様な思ひ上つた妄想からは、独裁専制しか生れますまい。（「私の人生観」〔昭和二十三年〕、第九巻P39－40）

■民主主義と全体主義

イデオロギーは、政治による精神への干渉であり、精神まで組織化しようとするものである。イデオロギーは、「独裁専制」すなわち全体主義を生み出す。

ナチズムや共産主義のイデオロギーが、全体主義につながったことは言うまでもない。しかし、小林は、ナチズムや共産主義といった特定のイデオロギーではなく、イデオロギーなるものが全体主義を招くと言っている。そのイデオロギーには、個人主義や自由主義あるいは民主主義も含まれる。

特に問題なのは、民主主義である。「民主主義とは、人民が天下を取る事だなどと喚《わめ》いてゐるうちに、組織化された政治力といふ化け物が人間を食ひ殺して了《しま》ふだらう。ムッソリーニはファッシスムを進歩した民主主義と定義してゐたのです」（「私の人生観」〔昭和二十三年〕、第九巻P40）。

民主主義は、どのようにして全体主義へと転落するのか。その政治分析を、小林はプラトンの『国家』やプルタルコスの『プルターク英雄伝』といった政治学の古典に求めた。それは、「人性は変らぬ」ものであり「政治は人性に基くものだ」という信念からであった。アテネの民主主義国家の市民は一万五千人未満であり、スパルタの共産主義国家の人民はもっと少なかったが、根本的には、アメリカの民主主義とソ連の共産主義と同じことである。「少くとも、一万五千人相手の政治が、幼稚だつたとか簡単だつたとかいふ通俗な考へは、はつきり捨てる方がよいだらう。進歩したのはデモクラシイの理論であつて、その実行の困難には進歩なぞあり得まい」（「『プルターク英雄伝』」〔昭和三十五年〕、第十二巻P108－109）。

民主主義の実行の困難とは、何か。それは、政治は人性に基づくものだが、その人性は集団となると非人間的なものへと変ずるということに由来する。プラトンは、社会の非人間性を、一匹の巨獣という比喩で表現した。

社会は、どうして獣なのか。それは、イデオロギーの問題と関係してくる。

　小さな集団であれ国家であれ、社会というものは、自身に都合の良いイデオロギーを掲げて、それを正義とする。しかし、イデオロギーが正義であるか否かは、それを利用する社会によって決まる。自由主義と共産主義のいずれが正しいのかは、アメリカとソ連の勝敗次第である。イデオロギーの内容などは関係がない。勝てば官軍、負ければ賊軍というわけだ。

　例えば、自由主義を例にとってみよう。真の「自由」の意味は、モーツァルトやドストエフスキーといった、それぞれの自己に固有の経験と切り離すことはできないもののはずだ。ところが、「自由主義」という組織化された思想、すなわちイデオロギーは、その支持者の数さえ多ければ、有効なものとなる。「幾人にでも分配の可能な、社会的思想といふ匿名思想には、無論、個性といふ質がないわけであるから、その効力は量によつて定まる他はない。例へば、ドストエフスキイの発明した人間の自由に関する思想は、彼のかけ替へのない体験の質によつて保証された現実性によつて、その効力を発揮するが、ある集団の各人に平均的な自由主義といふ思想は、頭数が増えるだけが頼みである」（「政治と文学」〔昭和二十六年〕、第九巻P67）。

　人々は自由主義を正義と信じているが、それは、自分で自律的に生み出した思想ではなく、社会集団が外部から強制した観念に過ぎない。社会の中で自己を見失い、自由を失っているからこそ、自由主義というイデオロギーを信じることができるのである。自己を見失った人間は、非人間的・獣的である。

プラトンが描き出したところによれば、ソクラテスは、イデオロギーというものを懐疑することによって、人々の自己を回復しようと戦ったのである。だが、社会によって自己を見失うというのは、弱い人間の本性である。しかも、弱い人間は、自分の弱さを知ることすら嫌がる。そういう人間の本性に抵抗しても無駄であることは、ソクラテスには十分分かっていた。

ソクラテスは、巨獣には、どうしても勝てぬ事をよく知つてゐた。この徹底した認識が彼の死であつたとさへ言つてよい。巨獣の欲望に添ふ意見は善と呼ばれ、添はぬ意見は悪と呼ばれるが、巨獣の欲望そのものの動きは、ソクラテスに言はせれば正不正とは関係のない「必然」の動きに過ぎず、人間はそんなものに負けてもよいし、勝つた人間もありはしない。たゞ、彼は、物の動きと精神の動きとを混同し、必然を正義と信じ、教育者面をしたり指導者面をしてゐるソフィスト達を許す事が出来なかつたのである。（「プラトンの『国家』」（昭和三十四年）、第十二巻Ｐ30）

思想とは、あくまで個人の精神の問題である。集団や社会がもつのはイデオロギーであって、思想ではない。政治とは、思想ではなく権力関係の世界である。民主主義もまた、政治の一形態であるから、思想ではなく、権力関係で理解すべきものだ。これが、プラトンに共鳴する小林の政治学である。

民主主義政体を権力関係として分析すると、民主主義が全体主義へと転落するメカニズムが明らかとなってくる。

政治は普通思はれてゐるやうに、思想の関係で成立つものではない。力の関係で成立つ。力が平等に分配されてゐるなら、数の多い大衆が強力である事は知れ切つた事だが、大衆は指導者がなければ決して動かない。だが一度、自分の気に入つた指導者が見つかれば、いやでも彼を英雄になるまで育て上げるだらう。権力慾は誰の胸にも眠つてゐる。民主主義の政体ほど、タイラントの政治に顚落《てんらく》する危険を孕んでゐるものはない。では、何故、指導者がタイラントになるか。この諧謔《かいぎやく》を交へた仮借のない分析を辿るには全文を要するのだが、プラトンの政治思想の骨組ははつきり透けて見える。

ソクラテスの定義によれば、指導者とは、自己を売り、正義を買つた人間だ。誰が血腥《ちなまぐさ》いタイラントなどになりたいだらう。だから、誰もなるのではない、否応なくならされるのだ、とソクラテスは言ふ。正義に酔つた指導者が、どうして自分のうちに、人間を食ふ欲望のひ

そんでゐる事を知らうか。（「プラトンの『国家』」〔昭和三十四年〕、第十二巻P33―34）

民主主義における政治指導者は、大衆が気に入った正義に従い、自己の思想を捨てる。自己を捨ててしまったら、人間は、非人間的・獣的な存在に過ぎない。しかし、大衆の支持を得られなければ、政治指導者にはなれないのだから、自己を捨てる他ない。こうして、民主主義政体における政治指導者は、非人間的なタイラントに否応なくならされるのだ。これは、確かに人性に基づいた政治理論であり、時代や国を問わず、通用する分析であろう。

ただし、政治指導者は血腥いタイラントになるのではなく、否応なくならされるとソクラテスは言ったのだが、恐るべきことに、自ら進んでタイラントになった者がいた。

ヒットラーである。

小林は、すでに戦前の昭和十五年、邦訳が出たばかりのヒットラーの『我が闘争』に衝撃を受け、短い書評を書いていた。その中で、小林は「ナチズムの中核は、ヒットラアといふ人物の憎悪のうちにあるのだ」と書いていた（「ヒットラアの『我が闘争』」〔昭和十五年〕、第七巻P133）。この書評が発表されて間もなく、日独伊三国同盟が締結されることとなる。

そして、戦後の昭和三十五年、小林はアラン・バロックの『アドルフ・ヒトラー』を読んで、かつての直観を確認しつつ、政治の非人間性についての思索をさらに深めた。

人性には、獣性がある。とりわけ人間の集団は獣的である。ヒットラーは、この原理を確信し、それを徹底的に追求した。「人間にとつて、獣の争ひだけが普遍的なものなら、人間の独自性とは、仮説上、勝つ手段以外のものではあり得ない。ヒットラアは、この誤りのない算術を、狂的に押し通した」（「ヒットラアと悪魔」〔昭和三十五年〕、第十二巻P88）。

ヒットラーは、人間の集団は獣的であるという原理に基づいて、大衆を操作する合理的で邪悪な政治理論を確立した。その政治理論は、ドストエフスキーによって予告されていたものであったことに、小林は戦慄《せんりつ》している。

本当を言へば、大衆は侮蔑されたがつてゐる。支配されたがつてゐる。獣物達にとつて、他に勝たうとする邪念ほど強いものはない。それなら、勝つ見込みがない者が、勝つ見込みのある者に、どうして屈従し味方しない筈があるか。大衆は理論を好まぬ。自由はもつと嫌ひだ。何も彼も君自身の自由な判断、自由な選択にまかすと言はれゝば、そんな厄介な重荷に誰が堪へられよう。ヒットラアは、この根本問題で、ドストエフスキイが「カラマアゾフの兄弟」で描いた、あの有名な「大審問官」といふ悪魔と全く見解を同じくする。言葉まで同じなのである。同じやうに孤独で、合理的で、狂信的で、不《ふ》屈《くつ》不《ふ》撓《とう》であつた。（「ヒットラアと悪魔」〔昭和三十五年〕、第十二巻P88−89）

ヒットラーの政治理論というものは、ある意味、単純である。政治とは権力闘争だなどということは、誰でも知っている。そう言うのは、いかにも容易《たやす》い。だが、政治とは権力闘争だという原理を徹底すると、ヒットラーの大衆操作術になるのだ。

しかも、恐るべきことに、その大衆操作術は、今日、ごく普通に行われているのである。例えば、プロパガンダという大衆操作術の仕組みについて、ヒットラーは、小林の言葉を通して、次のように語っている。

> 大衆が、信じられぬほどの健忘症である事も忘れてはならない。プロパガンダといふものは、何度も何度も繰返さねばならぬ。それも、紋切型の文句で、耳にたこが出来るほど言はねばならぬ。但し、大衆の眼を、特定の敵に集注させて置いての上でだ。
>
> これには忍耐が要るが、大衆は、政治家が忍耐してゐるとは受け取らぬ。そこに、敵に対して一歩も譲らぬ不屈の精神を読みとつてくれる。紋切型を嫌ひ、新奇を追ふのは、知識階級のロマンチックな趣味を出ない。彼等は論戦を好むが、戦術を知らない。論戦に勝つには、一方的な主張の正しさばかりを論じ通す事だ。これは鉄則である。押しまくられた連中は、必ず自分等の論理は薄弱ではなかつたか、と思ひたがるものだ。討論に、唯一の理性などと

いふ無用なものを持ち出してみよう。討論には果てしがない事が直ぐわかるだらう。だから、人々は、合議し、会議し、投票し、多数決といふ人間の意志を欠いた反故《ほご》を得てゐるのだ。（「ヒットラアと悪魔」〔昭和三十五年〕、第十二巻P90）

現代の大衆民主政治の病理現象を、これほど的確に要約する文章もないであろう。

政治家が、紋切り型のスローガンを繰り返し、特定の敵を設定して攻撃を集中させて闘争心をむき出しにすると、大衆は、強力なリーダーシップを発揮したとみなして大いに期待を寄せる。相手の意見を初めから聞く気もなく、単に自分の主張を押しまくっているだけに過ぎない政治家を、大衆は、論争に強いと称賛して支持する。これらは、大衆民主政治にはありふれた現象であろう。大衆は、政治に権力闘争の勝ち負けを見たいだけであって、政治家の意見の正否を判断したいわけではないのだ。忘れっぽいというのも、確かに大衆の特徴である。

有力政治家の側近や選挙コンサルタントたちは、そういう大衆の獣性を踏まえたうえで、キャッチフレーズの連呼や敵の設定などを主人に指南して、支持率を上げようとしている。そんな彼らは、ヒットラーの弟子たちである。今日、現存する人物をヒットラーになぞらえるのはタブー視されているようであるが、ポリティカル・コレクトネスを破ることよりも、現実から目を逸らすことの方がよほど危険である。実際、彼らは「民主主義とは、数の論理である」と割り切っているではないか。数の論理こそ、ヒットラーが徹底的に追求したものに他ならない。

今日、我々が日常的に目の当たりにしている民主政治とは、言わば、不徹底の、あるいは軽症の全体主義なのである。

■ニヒリズムの政治学

小林による『我が闘争』の解釈は、このように、「全体主義の政治学」とも言うべき分析となっているのであるが、その分析の根底には、小林の「様々なる意匠」以来の言語論があることに注意を払っておく必要がある。

> 彼はプロパガンダを、単に政治の一手段と解したのではなかつた。彼には、言葉の意味などといふものが、全く興味がなかつたのである。プロパガンダの力としてしか、凡《およ》そ言葉といふものを信用しなかつた。これは殆《ほとん》ど信じ難い事だが、私はさう信じてゐる。あの数々の残虐が信じ難い光景なら、これを積極的に是認した人間の心性の構造が、信じ難いのは当り前の事だと考へてゐる。彼は、死んでも嘘ばかりついてやると固く決意し、これを実行した男だ。つまり、通常の政治家には、思ひも及ばぬ完全な意味で、プロパガンダを遂行した男

だ。だが、これは、人間は獣物だといふ彼の人性原理からの当然な帰結ではあるまいか。人間は獣物だぐらゐの意見なら、誰でも持ってゐるが、彼は実行を離れた単なる意見など抱いてゐたのではない。（「ヒットラアと悪魔」〔昭和三十五年〕、第十二巻P90）

ヒットラーは、プロパガンダとしての力以外に、言葉というものを信用していなかったと小林は言う。

では、改めて、言葉とは何か。

言葉は、我々の精神を他者に伝達することを可能にし、集団行動・社会行動を可能にする。その意味で、言葉は、政治的なものである。

しかし、言葉は、精神のすべてを表現し、伝達することができない。精神のうち、言葉で表現できるものだけが伝達され、それ以外の部分は捨象されてしまう。精神の複雑さや多様さ、精妙さは失われ、平板で硬直したものとして伝えられる。極端な場合には、言葉で表現されたものが精神とは違うものだったとしても、それが精神とみなされ、他者に伝達されてしまう。つまり、嘘がまかり通るということだ。しかし、こうした危険性は、言葉が社会行動を可能にすることの代償なのである。

この危険性から逃れようとするならば、個人が、言葉を巧みに駆使して、できる限り、精神のあるがままを表現するしかない。それをやろうと努力しているのが、文学者である。

精神のあるがままが複雑で精妙ならば、文学による表現も、複雑で精妙なものとなる。しかし、分かりにくい表現は、大規模な集団に伝達し、社会で共有するには、いかにも不向きである。実際、政治家の分かりやすい表現の方が、大衆には人気があるであろう。分かりにくさは、政治の世界では嫌われるのだ。

文学では、個人の精神をどれだけ正確に表現するかが問われる。反対に、政治においては、より大きな集団に伝達されることが大事なのであって、表現の正確さにはさほど価値がない。このように、政治と文学は、言葉の扱いに関して対極に位置し、しかもトレード・オフの関係にあるのだ。

ヒットラーが「プロパガンダの力としてしか、凡そ言葉といふものを信用しなかつた」というのは、言葉の政治的な側面、すなわち集団や社会を操作する可能性だけを信用し、文学的な側面、すなわち精神のあるがままを表現する言葉の可能性をまるで信じていなかったということである。

言葉は、集団や社会を操作できさえすればいい。言っていることが正しいかどうかなどは、関係ない。集団や社会を操作できるのであれば、嘘でもいい。言葉の価値の基準は、集団を動かす権力として機能したかどうかにしかない。そう開き直るのは、人間に対する侮蔑であり、完全なニヒリズムである。

逆に言えば、このようなニヒリズムの政治が実際に現れるのも、根源的には、言葉というもののせいである。もし、言葉があるがままの世界を常に正確に表現し伝達し得るものであったならば、あるいは、もし、社会を操作する政治的な力をもつものでなかったならば、ニヒリズムなどというものもまた、あり得なかっただろう。

ニヒリズムとは、単なる観念ではなく、現実のものである。それを実践したのはヒットラーであったが、予告したのはドストエフスキーであると小林は言う。

彼は政治家だつたから、権力といふ言葉が似合ふのだが、彼の本質は、実はドストエフスキイが言つた、何物も信じないといふ事だけを信じ通す決心の動きにあつたと思ふ。ドストエフスキイは、現代人には行き渡つてゐる、ニヒリズムといふ邪悪な一種の教養を語つたのではなかつた。しつかりした肉体を持つたニヒリズムの存在を語つたのである。この作家の決心は、一種名状し難いものであつて、他人には勿論、決心した当人にも信じ難いものであつたやうだ。その事を作者が洞察して書いてゐる点が、「悪霊」といふ小説の一番立派なところである。恐らくヒットラアは、彼の動かす事の出来ぬ人性原理からの必然的な帰結、徹底した人間侮蔑による人間支配、これに向つて集中するエネルギイの、信じ難い無気味さを、一番よく感じてゐたであらう。だからこそ、汎ドイツ主義だとか反ユダヤ主義だとかいふ狂信によつて、これを糊塗《こと》する必要もあつたのであらうか。（「ヒットラアと悪魔」〔昭和三十五年〕、第十二巻P93－94）

小林が長きにわたって没入したドストエフスキーの思想とは、ニヒリズムの政治学だったのである。

■政治とは

政治とは、物質的な生活上の問題を解決するための管理技術である。政治家とは、物質的な生活上の必要から、集団を管理し、社会を調整する技術屋以上のものではない。政治は、精神や文化の領域に立ち入るべきではない。そう考える小林は、イデオロギーによって社会を操作しようとする現代政治を忌み嫌い、こう述べた。「政治は、私達の衣食住の管理や合理化に関する実務と技術との道に立還るべきだと思ひます」（「政治と文学」〔昭和二十六年〕、第九巻P83）。

ここで重要なのは、小林が、政治を衣食住の管理実務とみなしているからといって、政治を侮蔑しているなどと誤解してはならないということだ。その反対に、小林は、実生活上の問題を解決する実務というものを非常に尊重していた。

すでに論じたように、小林がマキアヴェリを高く評価したのは、彼の政治学が「政治はイデオロギイではない。或る理論による設計でも組織でもない。臨機応変の判断であり、空想を交へぬ職人の自在な確実な智慧である」というものだったからである。また、小林がゼークトに感銘を受けたのも、彼が「自分の職分について徹底した認識を持つた人間」であり、「経験によつて熟知した事柄の世界を一歩も出ようとはしなかつた」からである。

なぜ、国民の実生活を管理する実務が、それほど大事なのか。それは、あるがままの世界の中に生きるということだからである。それとは逆に、イデオロギーは、定型的で安易な思想によって、あるがままの世界から目を逸らさせる。それだけではなく、本来、個人のものであるべき精神を組織化し、集団に従属させる。イデオロギーとは、権力の手段へと堕した思想なのである。そういうイデオロギーによる支配から精神を守るために、政治は、集団の管理技術に徹すべきである。

小林は、昭和十四年の「学者と官僚」の中でも、同様の見解を表明していた。

当時、「官僚独善」という言葉で、官僚を批判することが流行《はや》っていたようである。小林は、そういう風潮を批判して、次のように述べた。「現代の官僚といふものの構造はそんなに単純なものではない。官僚といふものが、政治の第一線に押し出される様になつたいきさつには、僕等には殆ど分析の不可能な、複雑多岐な生きた社会の動きがある」。「官僚独善を言つて精動運動の揚げ足など取つて、批判者顔をしてゐる連中は、みんな一つの偏見に捕へられてゐる。それは官僚といふ抽象的な性格が世の中にあるといふ偏見である」（「学者と官僚」〔昭和十四年〕、第七巻P80）。

「官僚独善」といった類の批判は、今日のジャーナリズムでも根強い人気があるが、そういう官僚批判に対する小林の批判は、今もなお当てはまるであろう。

官僚の批判者は、まさに「官僚といふ抽象的な性格が世の中にある」かのようにして、「官僚というものは、云々《うんぬん》」と論じるのが常である。しかし、実際には、官僚もひとりの人間であり、各官僚によって性格も違えば、思想や行動様式も違う。そういう個別具体の現実を見ずに、「官僚」という抽象化・一般化された理念型に収めて論ずることの危険性を小林は鋭く指摘している。そのような官僚批判は、かつて戦争のあるがままを直視せず、「東亜協同体論」という、ありきたりの思想の型で理解したつもりになって安心するのと、何ら変わるところはない。

問題は、官僚という抽象的な存在の独善にあるのではない。官僚に過剰な業務を課し、独善と見えるような行動を強いるようになった現実の変化にある。小林は、そう分析した。

当時は、第二次世界大戦が勃発し、その前年には国家総動員法が施行されるなど、日本が戦時体制へと突き進んでいく状況にあった。そうした中では、行政の役割は、当然、肥大化せざるを得なくなる。国家総動員体制を構築し、国民生活を統制する必要から、政治と行政は次第に一体化していく。こういう複雑かつ未知の社会的現実に直面することを余儀なくされた官僚たちは、とにかく実務上の判断を下し、事態に対処していかなければならなかった。しかし、そのことが、彼らの行動を独善的なものに見せたのだと小林は言うのである。

この小林の官僚論は、当時はもちろん、今日のどんな政治評論家や政治学者よりも、正確かつ健全な分析であると私は思う。

要するに、問題は官僚独善といふもののなかにはなく、近頃、独善が目立つて来たといふ事のなかにあるわけで、目立つて来たといふ事は官僚に世間の波が強く当つて来たといふ事に他ならない。そしてこの世間の波とは官僚反対の思想とか意見とかいふ言葉の波ではない。言葉の波なら言ひ逃れる術《すべ》もあらうが、波は、彼等に国民の実生活に直接ひゞく実際の仕事といふものを強制するのだ。彼等は厭でも応でも、これにぶつからねばならぬ。僕はこの事が、行く行くは官僚といふものを救ふと信じてゐる。前の鉄箒《てつそう》欄の筆者［注：東京朝日新聞に投書した外務省職員］も、自分等の行動を、世人は、右翼革新派の立場だとか、自由主義反動派の立場だとか言つて評してゐるが、そんな事はない、自分達はどの様な立場を執るといふ様な考へはない、たゞ仕事の処理を期する一念あるだけだ、と書いてゐたが、僕は率直な声だと思つた。率直な声は、率直に聞く以外、どの様な聞き方も間違ひである。（「学者と官僚」〔昭和十四年〕、第七巻P81－82）

ここで、小林は「国民の実生活に直接ひゞく実際の仕事といふもの」に携わることが、「行く行くは官僚といふものを救ふ」と言っており、行政と政治との間に大きな違いを見出していない。政治であれ、行政であれ、その本質は、衣食住のような国民の実生活の管理と合理化に関する実務である。政治家も官僚も、この技術的な実務に徹すべきなのである。

小林は、「考へるヒント」の連載あたりから、日本の儒学についてしきりと書くようになるが、儒学とは「聖人の道」「先王の道」を追求する学問、すなわち政治学であった。小林は、日本の儒学者の中でも、特に徂徠《そらい》を重視した。というのも、徂徠は、その古文辞学によって、孔子が、政治とはイデオロギーや道徳原理ではなく「国民の実生活に直接ひゞく実際の仕事といふもの」と考えていたと論じたからに他ならない。

こゝに徂徠の独創性が現れるのだが、彼の考へによれば、孔子の思想は、古文献に徴した限り、宗教でもなければ、哲学でもない、のみならず、彼には、どんな学説も発明した形跡はない、ひたすら、民を安んずるといふ現実的な具体的な「先王之道」を説いて止まなかつた人である。それに、もう一つ大事な事は、この人が、さういふ道を説くといふ使命感を自覚してゐたのを、歴史は証してゐるといふ事だ。（「天命を知るとは」〔昭和三十八年〕、第十二巻P241）

徂徠は、この「聖人の或は先王の道と呼ばれてゐるものは、生活秩序に関する具体的な『術』を指す」という考えを徹底した。そして、生活するには集団を必要とするのだから、生活の術とは集団の管理技術のことを意味するということになる。「その中で一番むつかしく、最大の術とは何か。『治国安民』の術である事は疑へまい」（「道徳」〔昭和三十九年〕、第十二巻P270）。

政治とは、「治国安民」を目的とした社会の管理技術であり、そうあるべきである。これが、小林秀雄の政治学であった。

第六章　実践

■『日本の思想』

小林秀雄の政治学。

それを真っ向から否定したのは、誰あろう、戦後日本における最大の政治学者と目される丸山眞男であった。丸山は、その主著の一つ『日本の思想』の中で、小林秀雄に繰り返し言及し、批判を加えたのである。

丸山が小林の何をどう批判したのか。丸山と小林の違いは何か。これを明らかにすることは、小林の政治学の輪郭をより際立たせるものとなろう。

『日本の思想』は、丸山自身がその「あとがき」で述べているように、一九三〇年代から四〇年代における日本の病理現象の原因を、日本の思想的伝統の構造の中に突き止めようとしたものであり、「日本人の自己批判」としての性格が色濃かった。[16]

その中で丸山は、小林を、彼が批判しようとした日本の思想的伝統の代表格とみなしたのである。「日本人の自己批判」である『日本の思想』とは、ある意味、小林秀雄批判であったと言ってもよい。[17]

16　丸山眞男『日本の思想』（岩波新書）、1961年、P206－208。

丸山が批判したのは、「あらゆる時代の観念や思想に否応なく相互連関性を与え、すべての思想的立場がそれとの関係で——否定を通じてでも——自己を歴史的に位置づけるような中核あるいは座標軸に当る思想的伝統はわが国には形成されなかった」[18]ということだった。丸山によれば、この座標軸をもたないという思想的伝統は、日本人の思考様式に固有の問題を引き起こした。

その問題の第一は、日本の思想の「雑居的無秩序性」である。

日本人は、座標軸となる文化的伝統をもたないために、欧米の思想や文化が流入してくると、それらの異質な思想を整序したり、あるいは断乎として拒否したりすることなく、次々と受け入れてしまう。しかしながら、その一方で、伝統的な思想や倫理観は、自覚的に対象化されないまま、日本人の意識の底に断片的に残っている。その結果、日本の近代史においては、政治

17　他方、小林が著作の中で丸山に言及したのは、私が確認した限り、一か所のみである。小林は荻生徂徠を論じる中で、丸山の『日本政治思想史研究』を読み、「特に徂徠に関して、私は、いろいろ教へられる点があつたが、私としては、たゞ徂徠といふ人の懐にもぐり込んでみたいといふ道もあるかと考へてゐる」（「哲学」〔昭和三十八年〕、第十二巻P236）と述べて、徂徠に対するアプローチの仕方が丸山とは違うことを示唆している。小林と丸山の思想史に対するアプローチの違いは、次章において、福沢諭吉の解釈を通じて明らかにされるであろう。

18　丸山（1961年：P5）

的危機の際に、これまで受容してきた近代思想とは何の内的関連もなく、突如として伝統思想が噴出するという現象がしばしば起きた。そのことを説明するのに、丸山は、小林の言葉を引いてきたのである。

　小林秀雄は、歴史はつまるところ思い出だという考えをしばしばのべている。それは直接には歴史的発展という考え方にたいする、あるいはヨリ正確には発展思想の日本への移植形態にたいする一貫した拒否の態度と結びついているが、すくなくも日本の、また日本人の精神生活における思想の「継起」のパターンに関するかぎり、彼の命題はある核心をついている。新たなもの、本来異質的なものまでが過去との十全な対決なしにつぎつぎと摂取されるから、新たなものの勝利はおどろくほどに早い。過去は過去として自覚的に現在と向きあわずに、傍におしやられ、あるいは下に沈降して意識から消え「忘却」されるので、それは時あって突如として「思い出」として噴出することになる。[19]

問題の第二は、「理論信仰」と「実感信仰」という思考様式の分裂である。
ヨーロッパの近代的な政治制度は、近世において、唯一絶対の神による世界秩序の創造とい

19　丸山（1961年：P13）

う思考様式が世俗化され、自由な責任主体としての絶対君主による制度の創出となり、さらに君主の役割は主体的市民へと受け継がれた。ところが、そういう思想的伝統をもたない日本は、近代になって、ヨーロッパから既成の制度だけを輸入した。このため、日本人は、自由な責任主体が制度を構築するという自覚に乏しく、制度を物神化（自己目的化）する傾向にあった。しかし、そうやって中央から持ち込まれた近代的な制度の合理性や抽象性は、日本社会の底辺における土着の共同体的心情とは相容れない。それゆえ、土着の日本的な共同体は、近代制度、そして合理化＝抽象化に対して生理的な嫌悪感を抱くようになった。

　制度の物神化は、自由な主体が制度を創造するという過程を経ずに、出来上がった制度という結果だけを受け入れたためであった。それと同様に、理論についても、日本人は、現実からの抽象化という過程ではなく、抽象化された結果を重視したために、「理論信仰」へと走る傾向が強い。そして、制度の抽象性に対して共同体が反発したのと同様に、理論の抽象性や概念性に対する強い反発が生じた。その反発は、やがて、日常的感覚の世界のみを絶対視するという「実感信仰」という極端へと走った。この「実感信仰」を担ったのが文学者である。そして、そのような文学者の代表格として丸山が挙げたのは、またしても小林秀雄であった。

　こうして一方の極には否定すべからざる自然科学の領域と、他方の極には感覚的に触れられる狭い日常的現実と、この両極だけが確実な世界として残される。文学的実感は、この後者の狭い日常的感覚の世界においてか、さもなければ絶対的な自我が時空を超えて、瞬間的にきらめく真実の光を「自由」な直観で摑むときにだけに満足される。その中間に介在する「社会」という世界は本来あいまいで、どうにでも解釈がつき、しかも所詮はうつろい行く現象にすぎない。究極の選択は2×2＝4か、それとも文体の問題かどちらかに帰着する！
（小林秀雄『Xへの手紙』[20]）

ここで丸山が描いている小林秀雄は、自然を対象とする自然科学と、自我の実感を対象とする文学のみを認め、自然と自我の間にある「社会」を対象とする社会科学を否定している。さらに、この後、丸山は「あらゆる政治や社会のイデオロギーに『不潔な抽象』を嗅ぎつけ、ひたすら自我の実感にたてこもるこうした思考様式が、ひとたび圧倒的に巨大な政治的現実（たとえば戦争）に囲繞《いにょう》されるときは、ほとんど自然的現実にたいすると同じ『すなお』な心情でこれを絶対化する」[21]と書いているが、「不潔な抽象」というのも「Xへの手紙」に出てくる表

20　丸山（1961年：P60－61）。なお、「2×2＝4」とあるが、「Xへの手紙」では、「2＋2＝4」である。これは、もちろん丸山のケアレス・ミスであろう。しかし、この後論証するような、丸山による小林解釈の深刻な歪みを見ると、「足し算」を「掛け算」に写し間違えたのには、何か意味深長なものを感じてしまう。

現である。小林のような実感信仰の思考様式は、戦争という現実を絶対視するに至ると丸山は言いたいのだ。

丸山は、このような「実感信仰」の思考様式の典型を、本居宣長の国学にも見出している。宣長は、儒者の「理論信仰」を「からごころ」として批判した。その批判は正当なものを含んでいたのは事実であるが、問題は、それにとどまらず、一切の論理化＝抽象化を退けてしまい、その結果として、現実を規範的に批判することまで否認するに至ったことである。「当面の問題としてはやはりイデオロギー批判が原理的なもの自体の拒否によって、感覚的な次元から抽象されないという点が重視されなければならない。現代まで続く社会科学的思考にたいする文学的あるいは『庶民的』批評家の嫌悪や反情の思想的源泉がすでにここにきざしているように思われる」[22]。小林は本居宣長をライフワークとしたが、それを丸山は、自説を補強するものとみなしたことであろう。

さらに丸山は、宣長の国学が原理的な思考の一切を拒否するものであったがために、「そこからでて来るものは一方では生まれついたままの感性の尊重と、他方では既成の支配体制への受動的追随となり、結局こうした二重の意味での『ありのままなる』現実肯定でしかなかっ

21　丸山（1961年：P61）
22　丸山（1961年：P24）

た」[23]と批判している。この批判は小林に対しても向けられていると言える。

もちろん、物神化した理論体系を破壊しようとする思考様式は、日本に特有のものではない。それは、マルクスやキルケゴール、あるいはランケに典型を見るように、ヨーロッパにもあった。小林は、マルクス、キルケゴール、ランケらと同じことを日本でやったのだと丸山は認めている。

ただし、問題は、ヨーロッパの思想的伝統には、普遍へとつながる座標軸が存在したのに対し、日本にはそれがなかったということだった。このため、小林は、事実を絶対視するという陥穽に落ちた。「普遍者のない国で、普遍の『意匠』を次々とはがしおわったとき、彼の前に姿をあらわしたのは『解釈』や『意見』でびくともしない事実の絶対性であった（それはただ物に行く道こそありけれ——宣長）。小林の強烈な個性はこの事実（物）のまえにただ黙して頭を垂れるよりほかなかった……」[24]。

とりわけ、戦争という非常時においては、いかなる一般理論も妥当し得なくなる事実を突きつけられる。カール・シュミットの言う「例外状態」である。例外状態においては、「やってみなければ分からない」という決断が規範や論理に優越する。この決断を絶対視するのが小林

23　丸山（1961年：P22）
24　丸山（1961年：P132）

の政治思想であった。いわゆる「決断主義」である。そして、政治的な決断を絶対視する「決断主義」は、ファシズムへとつながった。

丸山は、小林の決断主義について、こう書いている。

「今日の僕等にとつて支那事変が、全く新らしい性質の事件である事は疑ひのないところです。」「今日、指導理論がない、といふ不平とも批難とも付かぬ声を屡々聞きますが、一体、指導理論とはどういふ意味なのか。予めある理論があり、その通り間違ひなく事を運べば、決して失敗する気遣ひはない、さういふ理論を言ふのでありませう。それならば、そんな理論が、今日ない事は解り切つた事ではないか。あれば何も非常時ではないではないか。尋常時ではないか。」（「事変の新しさ」昭和十五年）ここに、かつてのマルクス主義の完全理論主義のトータルな否定としての決断主義が、鮮明にあらわれて来る。絶対絶命の決断を原理化した時、彼はカール・シュミットにではなくて、「葉隠」と宮本武蔵の世界に行きついたのであった。[25]

一切の社会科学を否定し、事実を絶対視する小林の「実感信仰」は、戦争という例外状態に

25　丸山（1961年：P133）

おいて決断主義と化し、そして日本的なファシズムへと行き着いた。丸山は、小林をそうだとはっきり言い切ったわけではない。しかし、文脈上、そういう印象を読者に与えるように丸山が書いているのは、明らかであった。

■丸山眞男の誤解

このように丸山眞男は、座標軸がない日本の思想的伝統の問題点を容赦なく批判しただけでなく、小林秀雄を日本の思想的伝統を代表する者として槍玉に挙げた。小林秀雄の政治学は、戦後日本最大の政治学者によって否認されたのであった。

しかし、丸山による小林批判は、いくつもの深刻な誤解に満ちたものであった。

第一に、丸山は、思想の座標軸をもたない日本人は、異質な思想を無秩序に摂取してしまうため、政治的危機となると、突如として過去の思想が噴出するという現象が起きると論じ、その過去の思想が噴出する現象を、小林による「思い出」という表現に重ねている。歴史を「思い出」とみなすのは、無秩序な日本の思想的伝統に特有の発想だと言っているのである。

しかし、そのような解釈は不可能であることは、第二章で論じた「ドストエフスキイの生活」の序からも明らかであろう。

すべては永久に過ぎ去り、戻ってこない。過去を保存したり、再生したりするのは、物理的には不可能であるが、記憶することはできる。その記憶が歴史というものである。これが歴史というものについての小林の理解である。この歴史理解は、いたって「当り前な事」に過ぎないのであり、日本の伝統的思想に固有なものではまったくない。

もちろん、小林が「歴史的発展」という発想を拒否したというのは、丸山の言う通りではある。しかし、歴史が発展するものであろうがなかろうが、時間が物理的に不可逆である以上、過去というものは、現在においては「思い出」されるもの以外の何ものでもないのは当然ではないか。

第二に、丸山は、「Xへの手紙」を根拠として、小林が、自然科学の抽象性（「2＋2＝4」）と文学的実感（「文体」）の両極だけを確実なものとして認め、その間にある社会科学については、その抽象性や概念性を「不潔な抽象」として拒絶し、自我の文学的実感の世界へと引きこもったかのように論じている。

これもまた、甚《はなは》だしい誤読である。念のため、「Xへの手紙」の該当箇所を確認しておこう。

> 2＋2＝4とは清潔な抽象である。これを抽象と形容するのも愚かしい程最も清潔な抽象である。この清潔な抽象の上に組立てられた建築であればこそ、科学といふものは、飽くまで

> も実証を目指す事が出来るのだし、又事実実証的なのである。この抽象世界に別離するあらゆる人間の思想は非実証的だ、すべて多少とも不潔な抽象の上に築かれた世界だからだ。だから人間世界では、どんなに正確な論理的表現も、厳密に言へば畢竟《ひつきよう》文体の問題に過ぎない、修辞学の問題に過ぎないのだ。簡単な言葉で言へば、科学を除いてすべての人間の思想は文学に過ぎぬ。（「Xへの手紙」〔昭和七年〕、第二巻Ｐ96）

一読して明らかなように、小林は、自然科学以外はすべて、すなわち文学も「不潔な抽象」だとしている。そして文学のみならず、「どんなに正確な論理的表現」も、すなわち社会科学も「文体の問題に過ぎない」と言っている。自然科学以外は、社会科学も含めて「すべての人間の思想は文学に過ぎぬ」というのだ。

その上で、小林は、「己れの仕事がやくざな抽象を土台としてゐる事を知りながら、仕事の結果は反対に人間の現実的な体験を直接に暗示してゐるものでなければならぬと感じてゐる人々」（「Xへの手紙」〔昭和七年〕、第二巻Ｐ96―97）に心を惹かれると書いている。

つまり、こういうことだ。

第一章で論じたように、人間や社会の現実は動態的かつ複雑すぎるため、言葉では、それを十分に表現できない。「不潔な抽象」「やくざな抽象」とは、そういう言葉の不完全性のことを指している。それでもなお、現実をできるだけ正確に描こうとするならば、言葉の技巧、すなわち「文体」を工夫するしかない。言葉が現実を表現するには不十分であることを知りながら、何とかして、現実に近づこうと文体の工夫を凝らすような者は、それが文学者であれ、社会科学者であれ、小林は高く評価するであろう。

丸山は、小林を「あらゆる政治や社会のイデオロギーに『不潔な抽象』を嗅ぎつけ、ひたすら自我の実感にたてこも」っているなどと批判する。確かに小林は政治や社会のイデオロギーを嫌悪したが、その理由は「不潔な抽象」だからではない。繰り返しになるが、社会科学だけではなく、文学も「不潔な抽象」なのだ。その上で、小林は「清潔な抽象」ではなく、「不潔な抽象」を仕事とする文学者としての道を選んだのである。

小林がイデオロギーを否認したのは、イデオロギーを振りかざす人々が、むしろ「己れの仕事の前提の不潔さ加減すら知りはしない」（「Xへの手紙」〔昭和七年〕、第二巻P97）からである。言い換えれば、論理的・抽象的な言葉によって、人間や社会の現実を確実に理解したつもりになっているからである。

それに、政治や社会のイデオロギーを否定したからと言って、社会科学を否定したことにはならないだろう。「政治や社会のイデオロギー＝社会科学」ではないからだ。実際、小林はマルクス主義というイデオロギーには批判的であったが、マルクスの理論については高く評価していたことは、第一章で述べた通りである。

■社会科学

小林の社会科学に対する考え方が表明されているのは、「考へるヒント」の中に収められた徂徠に関する一連の随筆「天命を知るとは」「歴史」「物」「道徳」、とりわけ「道徳」である。

従来の儒学（宋学）が道徳原理を追求する学問であったのに対して、徂徠は、「物」すなわち、人間の活動から成る歴史的・社会的事実に習熟することが学問だと解した。これは、大きなパラダイム転換であった。

徂徠の学問とは、敢えて言えば、「社会科学」なのである。小林は、徂徠が「自分の学問は、唯物論である」と書いていてもおかしくないとまで言う（「物」〔昭和三十八年〕、第十二巻P261）。

ここで小林が言う「唯物論」とは、もちろん、小林が理解するマルクスの唯物論である。第一章で論じたとおり、マルクスにとって「物」とは、主観と客観が未分化なあるがままの世界のことであり、直接経験のことである。徂徠も『大学』にある「格物致知《かくぶっちち》」という言葉の「物」を、直接経験と解した。「物を経験しなければ知はないと言ふのが、『格物致知』なので、

『物ハ教ノ条件ナリ』とは、我れに来る物を収めて、我が有とする、その仕方を教へるのが教へだといふ意味だ」（「物」〔昭和三十八年〕、第十二巻Ｐ263）。

直接経験は、社会科学の基盤であり、起点である。「実践」が「理論」の起点となると言い換えてもよい。歴史の場合は、各時代の生活経験を表現している文章を直知することが起点となる。それが、徂徠の創始した古文辞学である。「徂徠に言はせれば、それが『格物』なのであり、『格物』の一番純粋な形は、物の直知なのだ。直知が体験に発展するのが、人間に一番無理のない確実な知を致す道だ、と彼は考へた。これは知には違ひないが窮理の知とは全く異ると考へたから、彼は、これを敢へて『術』と呼んだ」（「物」〔昭和三十八年〕、第十二巻Ｐ265）。

徂徠の言う「知」と「術」は、それぞれ「理論」と「実践」と考えることができる。「理論」とは本来「実践」を基盤とすべきものであり、「もともと理論と実践とは同じものだ」（「マルクスの悟達」〔昭和六年〕、第一巻Ｐ106）。「理論」もまた、「実践」なのである。ならば、「知」とは、「術」のことであろう。

そういう考え方の下、徂徠は、道徳の原理を追求するのではなく、道徳が実際に行われている社会や歴史を観察し、道徳の具体的な在り方を見極めようとした。すると、道徳とは人間生活の「術」であることが分かる。そして、人間は「群」をなして生活するものだから、道徳の

「術」は「群」の中にある。「徂徠は、このやうな形で、道徳の問題を提出した。なるほど彼の言ふ群といふ言葉は、今日言ふ社会といふ言葉に代へてもよささうだ。彼の所謂術は、今日言ふ技術に育つたやうである」（「道徳」〔昭和三十九年〕、第十二巻P271）。

要するに、徂徠は、道徳を社会科学の問題としたといふことである。ただし、徂徠の学問を現代的な社会科学と同一視するには、彼が用いた「聖人」といふ非科学的な用語が引っかかるかもしれない。

しかし、社会科学（特に、エミール・デュルケームの社会学）は、「聖なるもの」についても、社会統合の象徴として理論化し、経験世界の中で説明できるやうにした。

聖人といふ言葉は、うまく処理されたやうに見える。「社会」は、今日の技術文明を保証する神だと言つてもいゝだらうが、この神はもはや礼拝を必要としてはゐないからだ。デュルケムが定義したやうに、「神とは、象徴的に考へられ変貌した社会に過ぎない」。誤りは考へ方にある。考へ方さへ合理的に正せば、天上の神は、別に何を捨てる要もなく、そのまゝ私達の生活圏のうちに降りて来るだらう。道徳の問題の困難が言はれるが、困難は、私達の考へ方が呼び起す。例へば、無私とか献身とかを考へなければ道徳は考へられないと言はれる。社会科学はそれを否定するのではない。私達個人を超えた価値を持つ何かがなければ、無私も献身も無意味であらうが、その何かを経験世界の外に置かねばならぬ理由はあるまい。その何かは、私達の生活圏の中にある。私達個人的現実を物質の面でも精神の面でも限りなく超えてゐる社会的現実に気が付けば足りる事だ。（「道徳」〔昭和三十九年〕、第十二巻P271―272）

徂徠の学問は、道徳を社会的事実として扱おうとするものであったが、社会科学は、宗教をも社会的事実として扱うことで、徂徠の立場をさらに徹底したのである。

誤解されやすいので敢えて強調しておくが、この社会科学のリアリズムは、宗教や道徳を否定するものではない。そうではなくて、宗教や道徳というものが経験世界の内部の現象であることを明らかにしただけである。そして、そうすることで、宗教や道徳が経験世界から遊離するのを防ぐのである。

社会科学は、常識以外の事を何も主張するわけではないと言ふだらう。道徳の問題は、人間の理想に関する問題だといふ事を少しも否定するのではない。たゞ、道徳といふ理想は、他の様々な社会的事実と同列に調査出来る一つの社会的事実だと言ふに過ぎない。他の様々な社会的機能に随伴し、これと合して、社会的機能の全体を構成してゐる。この全体的組織は、自身の合法則性を持つてゐる筈であり、その基本的要請を逃れて、道徳の機能は、勝手に独り歩きは出来ない。それ以上の事を言ふのではない。別の言葉で言へば、ともすれば、社会の地盤から浮き上がらうとする道徳の考へに、その具体的な対象を取り返して見せ、これを合理的に説明し、評価する道を開くといふ仕事をしたまでだ。従つて、社会科学に向つて、藪《やぶ》から棒に、新しい道徳が欲しいとか、道徳を革新したいとか要求しても、社会科学は一笑に付するであらう。〔「道徳」〔昭和三十九年〕、第十二巻P273〕

社会科学は、道徳を経験世界の中に探求するのであり、道徳はあくまで事後的に発見されるものとなる。したがって、未来に向けた道徳の革新を、社会科学に求めることはできない。道徳の革新が行われるとしたら、それは、生活実践の中においてである。情勢の変化に対して、生活者の臨機応変の智慧が働いた時に、そこから新しい道徳が生れる。

社会科学は、実践の中から生れた道徳を事後的に説明するだけであって、実践に先んじて新しい道徳を理論によって示すことはできない。理論が実践より先に道徳を示したとしても、そんな道徳は生活世界から遊離した代物になるのが落ちである。そして、生活世界から遊離した道徳こそ、生活世界を破壊するイデオロギーに他ならない。

だから、イデオロギーと社会科学とは、異なるものなのである。異なるどころか、真の社会科学は、イデオロギーと対立するものだ。そして、小林は、イデオロギーを拒み、社会科学を認めている。それを理解できない丸山は、社会科学をイデオロギーと混同している可能性がある。

丸山は、「Xへの手紙」を根拠にして、小林が、自然科学の領域と自我の実感の領域のうち、後者の自我の実感に立てこもり、「その中間に介在する『社会』という世界は本来あいまいで、どうにでも解釈がつき、しかも所詮はうつろい行く現象にすぎない」とみなしたかのように書いている。だが、これも違う。第一章で論じたように、小林は一貫して人間を社会的存在として理解していたのである。その彼が、社会はあいまいだが、自我の実感は確実だなどと考えるはずもない。

その証拠に、小林は、社会科学が扱っているのは社会的自我という事実だ、と明言しているのである。

　社会の圧力は、知らぬ間に、空気のやうに、私達のうちに滲透《しんとう》して、私達のうちに、社会的自我を形成してゐるから、私達がその重量を感じないのは普通である、と。社会科学が扱つてゐるものは、基本的には、さういふ事実であり、その明瞭化と意識化とを目指す、といふ意味で、これは一種の習慣科学なのである。社会的風習の構造の分析だけが、これを条件とする私達の一切の行為の実質的規定を提供するであらうし、私達の漠然たる理想に、現実の方向なり、実現の確率なりを指示するだらう。その意味で、社会科学は、実際生活の能力や能率に関する研究でもある。（「道徳」〔昭和三十九年〕、第十二巻P274）

この一節は、小林秀雄の政治学を理解する上で、重要である。

まず、小林は、政治というものを国民の実生活の管理術とみなしたが、その「実際生活の能力や能率に関する研究」が社会科学だと考えていることが、ここから確認できる。社会科学は、政治という生活管理術に関する理論なのである。

そして、社会科学は、あるがままの現実を言葉によって表現しようとするが、言葉の表現力はどうしても不十分であるから、その理論は「不潔な抽象」となる。この点は、文学も同じである。

では、社会科学と文学とは、どこが違うのか。それは、第二章で論じた「現実」と「実際」の違いに対応している。

「実際」は、「現実」の内にあるが、そのすべてではない。

社会科学は、「現実」のうち、制度や習慣に規定された「実際」の生活を対象とする。だから「一種の習慣科学」なのである。

だが、人間は、制度や習慣に縛られている「実際」をはみ出した「思想」を抱き、「実際」

を破壊することがある。これが、あるがままの「現実」である。文学は、この「実際」を超えた思想の部分も含めた、あるがままの「現実」を扱う。

小林は、社会科学ではなく、文学の道を選んだ。丸山が言ったような、社会科学的思考に対する嫌悪や反情があったからではない。ただ、文学の方を好んだというだけである。繰り返しになるが、小林が嫌悪したのは、社会科学そのものではなく、思想で実際生活を支配しようとする似非《えせ》社会科学＝イデオロギーであったのだ。

■『葉隠』と戦争

丸山による小林の誤読の第三は、「絶対絶命の決断を原理化した時、彼はカール・シュミットにではなくて、『葉隠』と宮本武蔵の世界に行きついたのであった」と書いた点にある。『葉隠』と宮本武蔵は、抽象性や概念性を嫌悪する「実感信仰」という、日本の思想的伝統の象徴である。丸山は、この一文によって、小林が戦争という政治的危機に際して、『葉隠』と宮本武蔵という伝統思想を「思い出」したとでも言いたいのであろう。そして、小林の決断主義が日本的なファシズムを招いたことを暗示したいのであろう。

しかし、この一文は、実に不可解なのである。

まず、『葉隠』と宮本武蔵が唐突に現れる。「『葉隠』と宮本武蔵の世界」とは、如何なる世界なのかの具体的説明もなく、ただ、それが「決断主義」の世界であることが示唆される。しかも丸山は、小林がどこで『葉隠』と宮本武蔵の世界に行きついたのか、その出典を明記していない。

小林が宮本武蔵について多くを語っているのは、昭和二十三年の講演「私の人生観」である。その中では、『葉隠』についても、一言だけであるが言及している。そこで小林がどういう文脈において『葉隠』に言い及んだのか、該当箇所を抜粋しておこう。

日本の敗戦は、封建主義の誤りであつたとは知識人の定説の様だ。それほど私達の背負つた伝統の荷は重いのだ、と言ふならそれでよいでせう。併し、後進国といふものの特色は、板につかぬ観念が進み過ぎるといふところにもある。私達は、封建主義的に戦ひはしなかつた。私達の出来る限りの近代的に組織された軍隊と産業とを以て戦つたのであるが、到る処で破綻を現した。戦争指導者達の頭脳も、これと照応してゐたと見る方が正しいと思ふ。戦ひの意義について、好都合に自負しようが為の、近代政治的観念の空転と焦躁とがあつたのである。少壮軍人達の暴挙も、「葉隠」の飜訳ではない。あれこれ機械的に読み齧《かじ》つた近代思想の機械的な運動が彼等の情熱に点火したのである。一流のジャアナリズムの論説は何を語つたか。封建主義的思想を語つたか。飛んでもない事です。それは、如何なる事態を説明するにも近代的ディアレクティックは万能であるといふ事を語つたのである。彼等は時局便乗派であつた、と誰が本当に笑へるでせうか。知性の奴隷となつた頭脳の最大の特権は、何にでも便乗出来るといふ事ではありませんか。（「私の人生観」〔昭和二十三年〕、第九巻P58－59）

このように、小林は「少壮軍人達の暴挙も、『葉隠』の飜訳ではない」とはっきり言っている。それだけではない。戦争指導者や少壮軍人を戦争へと駆り立てたのは、封建主義的思想ではなく、近代思想だと言っているのだ。

小林は、「日本の敗戦は、封建主義の誤りであつたとは知識人の定説の様だ」と言っているが、その定説を確立したのは、丸山眞男その人である。

終戦の翌年、丸山は「超国家主義の論理と心理」を発表し、これによって一躍、論壇の寵児となった。そこで丸山は、こう主張したのである。「自由なる主体的意識が存せず各人が行動の制約を自らの良心のうちに持たずして、より上級の者（従って究極的価値に近いもの）の存在によって規定されていることからして、独裁観念にかわって抑圧の移譲による精神的均衡の保持とでもいうべき現象が発生する。上からの圧迫感を下への恣意《しい》の発揮によって順次に移譲して行く事によって全体のバランスが維持されている体系である。これこそ近代日本が封建社会から受け継いだ最も大きな『遺産』の一つということが出来よう。（中略）近代日本は封建社会の権力の偏重をば、権威と権力の一体化によって整然と組織立てた[26]」。

近代日本における封建社会の残滓《ざんし》が、日本人の自由なる主体意識の確立を妨げ、結果として、あの陰惨な戦争を引き起こすこととなった。こういう社会分析からすると、敗戦は、日本が真に近代化し、日本人が自由なる主体意識を獲得する契機として、むしろ慶賀すべきこととなる。丸山は、高らかに宣言した。「日本軍国主義に終止符が打たれた八・一五の日はまた同時に、超国家主義の全体系の基盤たる国体がその絶対性を喪失し今や始めて自由なる主体となった日本国民にその運命を委ねた日でもあったのである[27]」。

丸山のような解釈は、今日なお、大きな影響力をもっているように思われる。しかし、小林は、「私の人生観」の中でそれを真っ向から否定し、あの戦争は近代の産物であるという、丸

26　丸山眞男「超国家主義の論理と心理」、杉田敦編『丸山眞男セレクション』（平凡社ライブラリー）、２０１０年、Ｐ76－77。

27　丸山（２０１０年：Ｐ80）。もっとも、当時の日本は、連合軍による占領下にあって、国家主権を喪失しており、国民主権も当然存在しなかった。したがって、八・一五の日に日本国民が自由なる主体になったはずはない。

山とは逆の解釈を提示したのである。

『葉隠』と宮本武蔵を並べていることからして、丸山は「私の人生観」を読んでいたであろうと推測できる。読めば、そこで自分の説が批判されていることにも気づいたに違いない。あの戦争の思想的背景が、封建主義思想だったのか、それとも近代思想だったのか。これは、丸山の領域である社会科学の問題である。しかも、自説を否定されているわけであるから、丸山にとっては、特に重大な問題だ。

もし、小林を批判したいのならば、丸山は、それこそ社会科学的な論理的表現をもって、軍人たちを暴挙に駆り立てたのは近代思想ではなく「『葉隠』の飜訳」であったことを証明してみせればよかったのだ。そうすれば、小林の文学的な「実感信仰」の危うさを、より浮き彫りにすることもできたであろう。

ところが丸山は、そうはしなかった。できなかったのであろう。その代わりに、彼は「絶対絶命の決断を原理化した時、彼はカール・シュミットにではなくて、『葉隠』と宮本武蔵の世界に行きついたのであった」とだけ書いた。社会科学的思考とはほど遠い、曖昧かつ不十分な記述である。

丸山は、どうして、小林の提起した「軍国主義＝近代思想≠葉隠」という重要な論点を回避して、このような書き方をしたのか。それは、「軍国主義＝封建主義思想＝葉隠」という通俗的な連想に訴えて、小林が軍国主義を擁護したと印象付けようとしたかったからではないか。私には、そういう疑念を拭うことができない。

■宮本武蔵の実用主義

次に、宮本武蔵に関しては、どうか。「私の人生観」の中で、小林は確かに武蔵の思想を高く評価し、多くを語っている。しかし、小林は、武蔵の決断主義に共感していたのであろうか。これについても、確認しておこう。

小林は、武蔵について次のように語っている。

> 彼は、青年期の六十余回の決闘を顧み、三十歳を過ぎて、次の様に悟つたと言つてゐる。「兵法至極にして勝つにはあらず、おのづから道の器用ありて、天理を離れざる故か」と。こゝに現れてゐる二つの考へ、勝つといふ事と、器用といふ事、これが武蔵の思想の精髄をなしてゐるので、彼は、この二つの考へを極めて、遂に尋常の意味からは遥かに遠いものを摑んだ様に思はれます。器用とは、無論、器用不器用の器用であり、当時だつて決して高級な言葉ではない、器用は小手先きの事であつて、物の道理は心にある。太刀は器用に使ふが、

兵法の理を知らぬ。さういふ通念の馬鹿々々しさを、彼は自分の経験によつて悟つた。相手が切られたのは、まさしく自分の小手先きによつてである。目的を遂行したものは、自分の心ではない。自分の腕の驚くべき器用である。自分の心は遂にこの器用を追ふ事が出来なかつた。器用が元である。目的の遂行からものを考へないから、すべてが顚倒してしまふのだ。兵法は、観念のうちにはない。有効な行為の中にある。有効な行為の理論は、あまり精妙で、これを観念的に極める事は不可能であるから、人は器用不器用などと曖昧な事で済してゐるだけなのである。必要なのは、この器用といふ侮蔑された考への解放だ。器用といふものに含まれた理外の理を極める事が、武蔵の所謂「実の道」であつたと思ふ。

　私は、武蔵といふ人を、実用主義といふものを徹底的に思索した、恐らく日本で最初の人だとさへ思つてゐる。少くとも、彼の名が、軍国主義や精神主義のうちに語られた時、私は、笑はずにはゐられなかつた。（「私の人生観」〔昭和二十三年〕、第九巻P56－57）

丸山が「宮本武蔵の世界に行きついた」という小林は、武蔵の思想を「実用主義」と呼んでいる。だが、それは「絶対絶命の決断を原理化」することとは、何の関係もない。しかも、小林は、軍国主義を、武蔵の思想の対極にあるものとして批判しているのである。

　戦時中の小林は、戦争に協力し、戦後は戦争の反省を拒んだが、それは、彼が軍国主義者だったからではないことは、すでに明らかにした。第三章や第四章で論じたとおり、小林は戦時下にあっても、東亜協同体論、日本主義あるいは国体明徴運動といったイデオロギーを批判し、さらにはイデオロギーそのものに対する不信感すら公言していた。小林は、戦後になったから、軍国主義に批判的になったのでは決してない。

また、戦時下の小林は、「政治はイデオロギイではない。或る理論による設計でも組織でもない。臨機応変の判断であり、空想を交へぬ職人の自在な確実な智慧である」とみなした現実主義者マキアヴェリ、あるいは、「経験によつて熟知した事柄の世界を一歩も出ようとはしなかつた」職業軍人ゼークトを高く評価した。このマキアヴェリやゼークトの思想もまた、武蔵の思想同様、「実用主義」と呼んでもよいであろう。なお、小林は、孔子の思想を一貫しているのは「現実主義」「実践主義」であるとも言うが（「常識について」〔昭和三十九年〕、第九巻P349）、それらもまた「実用主義」と同義とみてよい。

小林が武蔵の解釈を通じて論じたのは、彼が「実用主義」と呼ぶ思想であった。ところが、丸山は、それを「決断主義」と断定した。

丸山は、小林が戦時中の講演「事変の新しさ」において、「予めある理論があり、その通り間違ひなく事を運べば、決して失敗する気遣ひはない」という「指導理論」の可能性を否定したことを根拠に、「ここに、かつてのマルクス主義の完全理論主義のトータルな否定としての決断主義が、鮮明にあらわれて来る」と指摘し、その決断主義が宮本武蔵の世界に行きついたと結論付けた。

確かに、小林は指導理論を否定している。では、小林は決断主義者なのか。

小林は、武蔵の「実用主義」について、こう書いていた。「兵法は、観念のうちにはない。有効な行為の中にある。有効な行為の理論は、あまり精妙で、これを観念的に極める事は不可能であるから、人は器用不器用などと曖昧な事で済してゐるだけなのである」。

武蔵の「実用主義」は、理論によって実践を指導する「完全理論主義」を否定するが、理論自体を否定したわけではない。理論（兵法）は、観念のうちにではなく、行為のうちにある。理論とは、行為の一種である。そう言っているのだ。

念のため、小林が指導理論を否定したとされる講演「事変の新しさ」についても、再度確認しておこう。

この講演で、小林が、非常時対応の失敗例として、秀吉の朝鮮出兵を挙げたのは、第三章で論じた通りだが、実は、成功例にも言及していた。それは、織田信長の桶狭間《おけはざま》の戦いである。

今川義元率いる大軍の来襲は、信長にとって、まさに非常時であった。家老達は、清洲籠城を主張した。籠城こそが当時の指導理論だったからである。これに対して、信長は籠城を拒否し、桶狭間に打って出て、今川義元を討ち取り、この非常時を乗り切った。しかし、これを信長の決断主義とする解釈を、小林は明確に否定した。信長は用意周到な戦略家だったのであり、政治的な賭けをやったのでは決してないというのである。

> 扨《さ》て、信長に理論があつたかなかつたか。僕は、もうくどく申し上げる必要を認めませぬ。彼は、乗るか反るかやつつけてみたのではない、確乎たる理論があつたのであります。たゞ、この理論は、例へば首尾一貫した解り易い形では現れぬもの、現されぬものであつた。（中略）又この場合、信長の理論とは、軽薄な不完全な理論を悉く疑つて、難局の構造とその骨組を一つにした体のものとなつてゐたでありませう。（「事変の新しさ」〔昭和十五年〕、第七巻P132）

信長は、「乗るか反るか」やってみるという決断主義者ではなく、難局を突破しようとする実践の中から理論を生み出す実用主義者であった。彼は、難局という現実を直視するために、既存の「軽薄な不完全な理論を悉く疑」って、「確乎たる理論」を得ていたのであって、理論そのものを否定したのではなかった。

さらに小林は、「実用主義」には、複雑な現実を直視するため、それを単純化しようとする安易な理論を徹底的に疑うという強靭な精神が不可欠なのであり、そして、その懐疑の精神が、

『葉隠』の中にはあると言う。「『葉隠』のなかに、この思想の力強い表現があります。『修行に於ては、これまで成就といふ事なし。成就と思ふ所、その儘道に背くなり。一生の間、不足々々と思ひて、思ひ死するところ、後より見て、成就の人なり』。注釈の必要はありますまい」（「事変の新しさ」〔昭和十五年〕、第七巻P132）。

確かに、注釈の必要はないであろう。ここに、懐疑を止めて実行に賭ける決断主義を読み取ることは不可能だ。

「実用主義」に必要とされる懐疑については、「私の人生観」において宮本武蔵について語る中でも、述べられている。「懐疑とは、経験を尊重する者は皆持つてゐる精神の或る活力なのであつて、実験が成功するまでは、容易に言葉を信じまいとする意志であります」。「実行といふ行為には、常に理論より豊富な何ものかが含まれてゐる、さやうな現実性に関する畏敬の念が先づ在るのである。だから強く疑ふ事が出来るのです」（「私の人生観」〔昭和二十三年〕、第九巻P36－37）。

もういいだろう。小林が行きついたとされる「『葉隠』と宮本武蔵の世界」とは、彼が「実用主義」と呼ぶ思想であるが、それは決断主義ではなかった。しかも小林は、その「実用主義」を、戦時中の軍国主義と矛盾するものとして論じていた。

このように、『日本の思想』における丸山の小林解釈は、何から何まで間違っていたのである。

■プラグマティズム

小林は、宮本武蔵に見出した思想を「実用主義」と呼んだが、「実用主義」とは、一般的には、「プラグマティズム」の訳語である。

プラグマティズムは、アメリカにおいて独自の発展を遂げた哲学であり、チャールズ・サンダース・パース、ウィリアム・ジェームズ、ジョン・デューイ、ジョージ・ハーバート・ミードらの名と共に知られている。

小林は、こうしたプラグマティストと呼ばれる哲学者に一切言及していない。しかし、小林が武蔵の中に見出した「実用主義」や小林自身の思想と、アメリカの「プラグマティズム」との間には、以下のような重要な共通点が見出せるのである。

第一に、小林は、マルクスや徂徠を引きつつ、「物」、すなわち、主観と客観が未分化のあるがままの世界を認識の基礎に据え、これを「直接経験」とも呼んだが、「直接経験」とは、西田幾多郎が『善の研究』の中で論じた主客一致の「純粋経験」と同義であろう。実際、西田は「純粋経験」を論じる中でジェームズの論文「純粋経験の世界」などに言及している。[28]

確かに、プラグマティズムとは、「直接経験」「純粋経験」あるいは「第一次経験」を重視する思想である。例えば、デューイは、認識を「知る（know）」とし、第一次経験を「持つ（have）」と表現した上で、「持たれたもの」は、「知られたもの」より広く、かつ先行するものだとしている。そして、この主客未分化の直接経験（have）を、認識や理論（know）の出発点とする。[29] 小林もこれと同じように考えていたことは、第一章で論じた通りである。

第二に、小林は武蔵の「実用主義」を「行為の理論」と呼んだが、プラグマティズムこそ「行為の理論」に他ならない。

デカルト主義は、あらゆるものを懐疑した結果、懐疑する個人の意識のみが残るとして、個人の意識を出発点とした。これに対して、懐疑の意識は、具体的な行為の状況の中から起きるものとしたのがプラグマティズムである。[30] このプラグマティズムによる懐疑の理解は、小林が、

28　西田幾多郎『善の研究』（岩波文庫）、１９５０年、P14－15。

29　John Dewey, *Experience and Nature*, London, George Allen and Unwin LTD., 1929, Ch.1; David L. Hildebrand, *Beyond Realism and Anti-Realism: John Dewey and the Neopragmatists*, Nashville, Vanderbilt University Press, 2003.

30　Hans Joas and Wolfgang Knöbl, *Social Theory: Twenty Introductory Lectures*, Cambridge, Cambridge University Press, 2009, PP.125-126.

『葉隠』や武蔵に言及しつつ、「懐疑とは、経験を尊重する者は皆持つてゐる精神の或る活力」であり、「実行といふ行為には、常に理論より豊富な何ものかが含まれてゐる、さやうな現実性に関する畏敬の念が先づ在るのである。だから強く疑ふ事が出来るのです」と述べたことと同じであろう。

第三に、デューイは、観念や理論を、現実を知り、問題を解決するための道具あるいは手段として位置づけた。[31] いわゆる「道具主義（instrumentalism）」である。小林もまた、徂徠の「格物致知」の概念の解釈を通じて「知」とは「術」であると論じたが、これは道具主義であると解してもよいであろう。

第四に、ミードが発展させた「象徴的相互行為論（symbolic interactionism）」によれば、人間とは、社会的に規定された「象徴」を使って他者とコミュニケーションを行なうものであり、そして、他者とのコミュニケーションを通じて、自己を常に定義している社会的な存在とされる。[32] この象徴的相互行為論によれば、個人が社会を構成するのか、それとも社会が個人を構成

31　John Dewey, 'The Quest for Certainty', in Jo Ann Boydston (ed.), *John Dewey, the Later Works 1925-1953, Vol.4,* Carbondale, Southern Illinois University Press, 1988, Ch.9; John Dewey, *Reconstruction in Philosophy,* New York, Dover Publications, INC., 2004.

32　Joas and Knöbl (2009: PP.128-129)

するのかという二者択一の問題は解消される。個人も社会も、社会的相互行為の過程の一側面を現しているのであり、個人と社会はお互いを構成するものとして理解されるのである。そして、小林もまた、「環境は人を作り人は環境を作る」と述べ、さらに、人間を「単に社交的動物であるのみならず、社会においてのみ個別化され得る動物」と定義したマルクスの言葉を是認している。[33]

　以上の重要な共通点を考慮するならば、小林が「実用主義」と呼んで支持する思想は、プラグマティズムに非常に近いと解釈してもよいであろう。

33　先述した通り、小林はマルクスを高く評価していたことから、マルクスの弁証法的唯物論とプラグマティズムとの関係が論点となり得る。この点について詳細を論じる紙幅はないが、興味深いことに、小林が「マルクスの悟達」を発表したのと同じ頃、シドニー・フックが、マルクスの弁証法的唯物論にプラグマティズムとの近接性を見出していた。

Sidney Hook, 'The Meaning of Marx', in Bertrand Russell, John Dewey, Morris Cohen, Sidney Hook and Sherwood Eddy, *The Meaning of Marx: A Symposium*, New York, Farrar and Rinehart, 1934.

なお、弁証法的唯物論とプラグマティズムについては、以下も参照されたい。

Joan Huber Rytina and Charles P. Loomis, 'Marxist Dialectic and Pragmatism: Power as Knowledge', *American Sociological Review*, Vol.35, No.2, Apr., 1970.

さらに、小林とデューイの思想を、その芸術論において比較するならば、小林のプラグマティズムがいっそう際立ってくる。

デューイが、プラグマティズムに基づいて芸術論を展開したのは『経験としての芸術』においてである。その中で、デューイは、おおむね次のように論じた。

生命は環境の中にあるだけでなく、生命と環境とは相互に作用しあっている。経験とは、生命と環境の間、主観と客観の間の相互作用の運動である。この経験における相互作用の運動が統合され、調和と安定へと向かい、「一つの経験（*an* experience）」として完結した全体をなす時、心地よい感覚がもたらされる。それが、美的経験である。

美的経験とは、主観と客観が一致する直接経験である。例えば、遊びに夢中になっている子供は、対象に没頭する。その時、主観と客観の区別はなくなっている。これが、直接経験である。この遊ぶ子供にみられる没頭こそ、美的経験の特徴であるだけでなく、あらゆる経験の理想型である。

デューイは、美的経験には「リズム」があることに注目する。

自然には、潮の満ち引き、月の満ち欠け、血流の脈拍、生命体の代謝のように、「リズム」という規則的な変化が存在している。例えば、季節の変化というリズムは、農業に典型を見るように、人間の生活に大きな影響を与える。人間の生命自身も、目覚めと眠り、空腹と満腹、作業と休息といったリズムを刻んでいる。

人間は、この自然の「リズム」というものに関心を向け、環境の中へと参入する。そして、リズムを発見し、それを再現する時に、喜びを感じる。実は、自然科学が発見しようとする「自然の法則」というものも、自然のリズムのことなのである。

この人間のリズムへの関心と喜びは、科学だけでなく、芸術をも生み出す。文学、音楽、建築、造形、舞踊などあらゆる芸術をリズムが貫いている。リズムとは「存在の普遍的図式」なのであり、「すべての芸術活動や芸術作品のリズムの下には、生命とその環境との関係の基本的な様式が無意識の奥深くの基層として存在するのである」[34]。美とは、人間とその環境の相互浸透によって経験されるリズムのことだと言ってよい。

デューイが拒否したのは、世俗世界を超越したところに美の理想を求めるような哲学であった。その代わりに、有機体の生命の作用や生活経験といった、日常的な世界の中に芸術を位置づけた。彼は「芸術作品とは、日常経験において見出される性質を理想化するものである[35]」こ

34　John Dewey, *Art as Experience*, New York, Penguin Books, 1934, P.156.

とを明らかにしようとしたのである。

このようなプラグマティズムの芸術論の先駆者として、デューイは、十九世紀初頭のイギリスの詩人ジョン・キーツを挙げている。

キーツの詩句“Beauty is truth, truth beauty—that is all/Ye know on earth, and all ye need to know”（美は真理、真理は美——これが、あなたが地上で知り、かつ知る必要のあることのすべて）と、「想像力が美としてとらえるものは、真理でなければならない」という彼の言葉を引用しつつ、デューイは次のように論じた。

「人間は、憶測、神秘、不確実性の世界の中で生きている」。それゆえ、理性だけでは、真理（ここで言う「真理」とは、生活における叡智のことである）を得るのに失敗してしまう。この不確実性に対する理性の限界ゆえに、人間は、神の啓示など超越的なものに頼りがちになるのだが、重要なのは、キーツの詩句の中にあった「地上で（on earth）」という言葉である。キーツは、理性を超越的なものによって補完したり代替したりすることを拒否した。美（＝真理）を得るのに必要なのは、超越的なものではなく、想像力による洞察だというのである。[36] 美は、生の経験を超越した理想ではなく、むしろ、不確実な世界に囲まれた生によって欲求され、

35 Dewey (1934: P.10)
36 Dewey (1934: PP.34-35)

経験の中から生れる。このキーツの思想に、デューイは共感したのである。

芸術作品は経験から生まれ、経験の中で作用する。そう考えるデューイは、芸術作品を制作することだけではなく、鑑賞するという行為も重視した。鑑賞とは、ただそこにある対象を受け取ることではない。鑑賞とは、対象に向かって能動的に働きかけることで、その対象を芸術として完成させる創造的な行為だというのである。

この鑑賞することの意味を説明するために、デューイは、人間が物を見るという行為を、「知覚（perception）」と「再認（recognition）」の二種類に区分している。

「再認」とは何か。例えば、商品に付いた下げ札やラベルをちらっと見て、その商品が何かが分かれば、それで満足して、それ以上、商品そのものを見ようとしない。あるいは、路上でばったり人に会い、挨拶するかどうか決めるためにその人を見る。これが「再認」である。「再認においては、ステレオタイプ、あるいは既に設定された何らかの枠組みに依存する」[37]。「再認」は、そこにあるものを見るのではなく、何か別の目的のために、それを見るだけの行為である。

しかし、ばったり会った人を見て、以前には認識していなかったその人の特徴に気づいて驚くことがあるだろう。この場合、以前はその人をよく分かっていなかったことに気づき、彼を

37　Dewey (1934: P.54)

まじまじと見つめ始めるであろう。この場合、彼を見ることとそれ自体が、見ることの目的となっている。そういう時の意識は、新鮮で生き生きとしたものとなるだろう。これが「知覚」である。

「再認」には、潑剌とした意識や感情は伴わない。しかし、「知覚」の場合には、そうした感情が伴う。対象自体を見る目的でそれを見つめる時、自身の生命と対象との間の相互作用の連続を経験し、感動を覚える。それは、「知覚された対象や光景が、感動的に満ち満ちてくる」ような経験である。

目の前に美術品があっても、その美術品に付された題名を見たり、美術館のガイドによる説明を聞いたりしているだけでは、「再認」してはいても、「知覚」はしていない。「知覚」する時、鑑賞者は、芸術家が作品を制作する時のように、自身と作品の相互作用を通じて、ばらばらだった部分や要素が一つの全体へと統合されていくのをまざまざと体験する。鑑賞、すなわち芸術作品を「知覚」することもまた、創造の行為なのである。[38]

教育学者の北村三子は、このデューイの芸術論から、アンリ・ジョルジュ・クルーゾーが監督した映画『ピカソの秘密』を連想している。この映画は、ピカソの作品制作の過程を追ったもので、ピカソの身体や感情、作成途上の絵、その場の条件などが相互に深く関わりあいつつ、

38 Dewey (1934: PP.54-56)

作品が完成へと向かっていく様子が描かれているのだが、そこには、デューイが語ろうとしたことの多くが含まれていると北村は言う。[39]

興味深いことに、小林秀雄もまた同じ映画を観ており、「近代絵画」の中の随筆「ピカソ」の書き出しを、その時の感動から始めている（「ピカソ」〔昭和三十一〜三十三年〕、第十一巻Ｐ199）。そして、小林が「ピカソ」の中で語るところは、デューイとの共通点が実に多い。例えば、小林は、ヴォリンゲルの「抽象と感情移入」を参照しつつ、こう述べる。

> 美とは、一般に感性的所与の要求するところに応ずる私達の統覚活動の一様態なのだが、この活動が自然で自由で積極的な場合、対象は、この活動に貫かれる。対象は私達に所有される事によつて対象となる。感情移入とは、私達の生命力の対象への移入なのである。美的享受とは、客観化された自己享受なのである。（中略）感情移入の要求が、有機的なものに向ふのはわかり切つた事である。それは、常に生命の有機的な真実性へ近づかうとするのである。従つて、この様なことが充分に行はれるには、人間と外界との間に親和関係が成立つてゐる事が必要である。外界に対する人間の親和的な帰依、融和的な感情、感覚的な確実性、

39　北村三子「統合された経験としての芸術――デューイの芸術論から――」駒沢大学教育学研究論集、第23号、２００７年、Ｐ17－18。

自由な安全感、さういふものが必要であらう。（「ピカソ」〔昭和三十一〜三十三年〕、第十一巻P210—211）

小林によれば、ヴォリンゲルは、芸術への衝動とは、対象への感情移入と抽象化という二つの要求であると解した。この二つの要求は、原初的なものである。原初の人間は、混沌とし、曖昧で不確実な世界に対する本源的な不安から逃れようとして、世界に合法則性という抽象的な形式を当てはめて、確実さと安定を求めた。合法則性とは、例えば有機体の呼吸のような、自然のもつ規則正しさである。自然の規則正しさを抽象的な形式とし、それに感情移入することで、世界に対する不安を解消する。これが、美的経験だというのである。

このヴォリンゲルの議論は、人間は「憶測、神秘、不確実性の世界の中で生きている」がゆえにリズムを求めるのだというデューイの思想と同じものである。ピカソは、はっきりと「リズム」と言っている。「絵は、ピカソに言はせれば、『作者の生活のリズムを保存してゐる』。従つて、絵を見るとは、このリズムに乗つて、絵から作者のドラマに達する事である」（「ピカソ」〔昭和三十一〜三十三年〕、第十一巻P263）。

小林は、ヴォリンゲルの説を受けて、こう続ける。「美はいつも高鳴る胸の幸福感といふ事になつたが、初めは世界の不安からの救済感であつた。近代の認識批判の極まるところに、

『物自体』の考へが現れたが、最初の芸術様式があつた時に、『物自体』に関する本能的感受性はあつたのである」（「ピカソ」〔昭和三十一〜三十三年〕、第十一巻P218−219）。美とは、主観と客観が一致する「物」のことなのである。

「物」は、統一した「フォルム」あるいは「すがた」「かたち」をもっている。現代人は、「形式」と「内容」を分離し、「形式」を軽視する。そして、「形式ばかり見ていても本質は分からない。大事なのは内容だ」などと嘯《うそぶ》くのが常である。このように形式を軽視するのは、全体を単位に還元してしまう近代の分析的思考様式の影響であろう。還元主義では、全体のフォルムをとらえることはできないからである。

しかし、自然は、星雲の形から微生物の形に至るまで、ある統一されたフォルムとして現れている。芸術もまた、フォルムである。芸術とは、作者の生活におけるリズムを抽象化し、保存したフォルムであるとも言える。だが、全体を単位に分解する近代の分析的思考は、このフォルムをとらえるのに失敗するであろう（「ピカソ」〔昭和三十一〜三十三年〕、第十一巻P256−260）。

芸術の本質は、形式にある。そう考える小林は、本居宣長の「姿ハ似セガタク、意ハ似セ易シ」という言葉に注目する。言うまでもなく、「姿」とは「形式」であり、「意」とは「内容」である。宣長もまた、歌において最も重要なのは「形式」であり、言葉の「内容」はむしろ二の次だと考えていた。そのことについて、小林は「言葉」という随筆の中で、次のように論じている。

「歌の発生を考へてみると、どんなに素朴な情が、どんなに素朴な詞に、おのづから至るやうに見えようとも、それはたゞ自然の事の成り行きではない。形のないものから形が、不安定なものから安定が求められてゐるのだ。これは生きとし生ける物の努力であつて、鶯《うぐいす》は鶯、蛙は蛙で、その鳴声にも文《あや》がある」。「悲しみ泣く声は、言葉とは言へず、歌とは言へまい。寧ろ一種の動作であるが、悲しみが切実になれば、この動作には、おのづから抑揚がつき、拍子がつくであらう。これが歌の調べの発生である、と宣長は考へてゐる」（「言葉」〔昭和三十五年〕、第十二巻P153－155）。「文《あや》」「拍子」「調べ」とは、「リズム」と同義であることは言うまでもない。

　自然の情は、本来、不安定で無秩序であるが、それを整えて秩序を与える働きが言葉にはある。その言葉の働きの粋が、歌である。

　では、なぜ、無秩序な情に、秩序を与える必要があるのか。それは、情を他者に伝えるためである。人間は、他の人と交わり、社会生活を営む存在であり、一人では生きてゆけない。だから、自分固有の情を人と分かち合うために、無秩序な情に秩序ある形式を与えるのである。形式によって他者と共有可能になることではじめて、情に「意味」というものが生じる。「意味」をもとにして「形式」が作られるのではない。その逆なのだ。

例えば、悲しみという「意」（意味）が先にあって、それを表すために言葉が生まれたのではない。先にあったのは、悲しんで泣くという行為であった。そして、悲しんで泣くという行為に対し、「悲しみ」という言葉の「姿」（形式）が与えられると、「悲しみ」という言葉の「意」（内容）が生じて、それが他者に伝わるのである。この場合、悲しんで泣くという行為はその泣く人に固有のものである。ゆえに、それに「姿」を与えるのは難しい。これに対して、「悲しみ」という言葉の抽象的・一般的な「意」だけであれば、コピーし、他人に伝達するのは簡単だ。だから、「姿ハ似セガタク、意ハ似セ易シ」だというのである。

「姿」あるいは「フォルム」とは、文学においては、「文体」である。

「文体」を重視した小林に対し、丸山眞男は「究極の選択は2×2＝4か、それとも文体の問題かどちらかに帰着する！」などという言い方で、小林が抽象的思考を拒否し、狭い日常的現実に対する実感の領域に閉塞していると難じた。

しかし、そもそも、文体（＝フォルム）とは抽象以外の何ものでもないのだから、文体を重視する小林が、抽象を拒否するはずがないではないか。それどころか、抽象への希求を芸術の根源的な衝動の一つとするヴォリンゲルに同意しているのである。デューイもまた「〝抽象〟は、通常、知的作業に固有のものだと思われているが、実際には、あらゆる芸術作品の中に見出せる」[40]と言っている。要するに、「2×2＝4」と「文体」とは、究極の選択などにはならないということだ。

芸術とは、自己とその環境の相互作用の経験である。このことを証するために、デューイは「表現（expression）」という言葉の語源に注意を促している。「語源的に言えば、表現の行為は、搾って押し出すことである。ぶどうが圧搾機によって潰されれば、果汁が押し出される。（中略）果汁を外に押し出す（ex-press）には、ぶどうだけでなく圧搾機も必要であり、感情を表現するには、内なる感情や衝動だけでなく、それを取り巻き逆らう物体も必要である」[41]。

ぶどうから種や皮を除いて抽出された果汁は、ぶどうそのものではなく、ぶどうと圧搾機の相互作用の結果である。これと同様に、芸術は、芸術家の自己とその環境との間の相互作用があってはじめて創造される。芸術は、環境の抵抗を受けて表現される前から、自己のうちに完全な形で存在していたわけではない。芸術家の内にあったものが環境の抵抗によって変形され、新たに創造されたものである。したがって、芸術表現というものは、環境による抵抗を前提とする。「圧搾（com-pression）がなければ、何も表現（ex-pressed）されない」[42]のだ。

---

40 Dewey (1934: P.98)
41 Dewey (1934: PP.66-67)
42 Dewey (1934: P.69)

興味深いことに、小林もまた、expression の語源に着目し、デューイと同じことを言っている。「expression という言葉は、元来蜜柑《みかん》を潰して蜜柑水を作る様に、物を圧し潰して中味を出すといふ意味の言葉だ」（「表現について」〔昭和二十五年〕、第八巻P119）。これを小林が好んだ大理石の彫刻の比喩を用いて言えば、彫刻とは、彫刻家の内にすでに完全な形で存在するイメージを外に表したものではなく、彫刻家の自己が大理石の堅さによって変形され、新たに創造された結果だということである。

デューイの「知覚」と「再認」の区別も、小林の思想と共鳴するものがある。「再認」とは、物に付けられた下げ札やラベルに書いてあることを見て分かった気になり、物のあるがままを見なくなることである。そういう下げ札やラベルのことを、小林はまさに「意匠」と呼んだのであった。

これに対して「知覚」とは、言葉には言い表し難い、あるがままの物をとらえることである。「知覚」のことを言い表すのに、小林は「眼」や「ヴィジョン」といった言葉を好んで使った。それをランボーなら「千里眼《ヴオアイヤン》」、ピカソなら「注意力《アタンシオン》」、セザンヌなら「感覚《サンサシオン》」と呼んだであろう（「ピカソ」〔昭和三十一～三十三年〕、第十一巻P245、P247）。

ここまで来れば、小林が「実用主義」と呼ぶ思想、さらには小林自身の思想は、基本的にプラグマティズムと同じであると考えてもよいであろう。

■プラグマティズムの社会科学へ

すでに述べたとおり、小林は、プラグマティズムと同様に、人間を「社会においてのみ個別化され得る動物」と定義した。そして、「社会においてのみといふ主辞に重点を置いて一つの表現が成り立つ。個別化され得るといふ賓辞《ひんじ》に重点を置いて又別の表現が成り立つ」と述べた。「社会においてのみといふ主辞に重点を置い」た表現とは社会科学のことであり、「個別化され得るといふ賓辞に重点を置い」た別の表現とは、文学のことであろう。

小林は、後者の文学の道を選んだというだけで、前者の社会科学を否定したというわけではなかった。実際、小林は、徂徠に託す形で、ある種の社会科学を評価していたことはすでに述べた。

小林の思想は、プラグマティズムであった。その小林の文学が、プラグマティズムの「個別化され得るといふ賓辞に重点を置い」た表現であるとするならば、小林が是認し得る社会科学とは、「社会においてのみといふ主辞に重点を置い」たプラグマティズムということになろう。

プラグマティズムは、すでに社会科学の領域にも適用されている。それは、ジョン・R・コモンズの「制度経済学[43]」、あるいはハーバート・ブルーマーの「象徴的相互行為論」の社会学[44]

として拓かれており、近年、ハンス・ヨアスらによって、その重要性が再評価されている。[45]

特に、ヨアスは、プラグマティズムに基づいて、「創造的行為（creative action）」の理論を展開し、その中で「状況的創造性（situated creativity）」という概念を提唱している。

創造とは、人間の内面から完全な形としてあるものを表出させることではなく、人間とその状況の制約との間の相互作用の結果である。これが「状況的創造性」の意味するところであるが、これは、まさにデューイ的なプラグマティズムの行動モデルであると言える。[46]

ゲイリー・ヘリゲルやイェンス・ベッカートは、この「状況的創造性」の概念を経済学に応用して、産業の変化やイノヴェーションなど、経済動態を分析している（Herrigel 2010; Beckert 2002; Beckert 2016）。[47]

小林が、信長の奇襲、マキアヴェリの臨機応変、武蔵の兵法を通じて語ろうとしたのも、こ

43　John R. Commons, *Institutional Economics: Its Place in Political Economy*, New Brunswick, Transaction Publishers, 1990.

44　Herbert Blumer, *Symbolic Interactionism: Perspective and Method*, Berkeley, University of California Press, 1998.

45　Joas and Knöbl (2009: Ch.6, Ch.19); Dmitri N. Shalin, 'Pragmatism and Social Interactionism', *American Sociological Review, Vol.51, No.1*, Feb., 1986.

46　Hans Joas, *The Creativity of Action*, Chicago, University of Chicago Press, 1996, PP.131-142.

の「状況的創造性」のことではないだろうか。信長、マキアヴェリ、武蔵は、いずれも、自らが置かれた状況に制約されていたにもかかわらず、いや、状況に制約されていたからこそ、問題解決という具体的な行為の中から、既存の理論とは異なる新たな理論を編み出し得た。彼らが発揮したものこそ、「状況的創造性」である。

小林は文学の道を選んだが、もし社会科学の道を追求していたら、プラグマティズムを基礎にした「状況的創造性」の政治学へと行き着いたのではないだろうか。

ところで、実際に政治学者としての道を歩んだ丸山眞男は、プラグマティズムについて、どう考えていたのであろうか。

丸山は、「福沢諭吉の哲学」の中で、「福沢の思惟方法に最も近く立っている西洋哲学を求めるならば、なによりもプラグマティズムであろう」[48]と述べ、福沢とジェームズやデューイとの共通点を指摘している。この「福沢諭吉の哲学」が発表されたのは、小林の講演「私の人生

---

47 Gary Herrigel, *Manufacturing Possibilities: Creative Action and Industrial Recomposition in the United States, Germany, and Japan*, Oxford, Oxford University Press, 2010; Jens Beckert, *Beyond the Market: The Social Foundations of Economic Efficiency*, Princeton, Princeton University Press, 2002; Jens Beckert, *Imagined Futures: Fictional Expectations and Capitalist Dynamics*, Cambridge MA, Harvard University Press, 2016.

48 丸山眞男「福沢諭吉の哲学」、松沢弘陽編『福沢諭吉の哲学　他六篇』（岩波文庫）、２００１年、Ｐ82。

観」の前年であるから、二人は、ほぼ同時期に、実用主義＝プラグマティズムについて語っていたわけだ。しかも、二人とも、福沢諭吉を極めて高く評価していた。

それにもかかわらず、丸山は、小林の実用主義には一切触れず、彼を決断主義者と決めつけたのである。

これは、いったい、どういうことなのであろうか。もう少し、考察を深めてみる。

第七章　日本

■戦後日本という問題

小林秀雄と丸山眞男は、生年も没年も、十年ほどしか違わない（小林は一九〇二年生、一九八三年没。丸山は一九一四年生、一九九六年没）。二人は、ほぼ同じ時代経験を共有しているのである。

にもかかわらず、戦後日本の評価に関して、二人は、まったく対照的であった。

丸山は、日本が降伏した一九四五年八月十五日を「今や始めて自由なる主体となった日本国民にその運命を委ねた日でもあったのである」と高らかに宣言して、戦後論壇の寵児となった。その頃、小林は「僕は馬鹿だから反省なんぞしない」と放言して非難を浴びていた。

また、丸山は、「私は八・一五というものの意味は、後世の歴史家をして、帝国主義の最後進国であった日本、つまりいちばんおくれて欧米の帝国主義に追随したという意味で、帝国主義の最後進国であった日本が、敗戦を契機として、平和主義の最先進国になった。これこそ二十世紀の最大のパラドックスである――そういわせることにあると思います。そういわせるように私達は努力したいものであります[49]」と、日本国憲法の平和主義への希望を語った。

これに対して、小林は、日本国憲法に苦しんでいた。

敗戦といふ大事実の力がなければ、あゝいふ憲法は出来上つた筈はない。又、新しい事実が現れて、これを動揺させないとは、誰も保証出来ない。戦争放棄の宣言は、その中に日本人が置かれた事実の強制力で出来たもので、日本人の思想の創作ではなかつた。私は、敗戦の悲しみの中でそれを感じて苦しかつた。大多数の知識人は、これを日本人の反省の表現と認めて共鳴し、戦犯問題にうつゝを抜かしてゐた。

（中略）

日本は単に文明の遅れた国ではない。長い間西洋と隔絶して、独得の智慧を育てて来た国である。たゞ文明が遅れてゐたといふ目出度い事であつたなら、あんな悲劇が起つた筈はない。これは、敗戦後引続き私を襲ひ私を苦しめてゐる考へだ。（「感想」〔昭和二十六年〕、第九巻P145―147）

ここで小林は、知識人たちが「戦犯問題にうつゝを抜かしてゐた」と書いているが、丸山はまさに「軍国支配者の精神形態」を書いて、東京裁判において現れた戦犯たちの精神形態を執

49　丸山眞男「二十世紀最大のパラドックス」、杉田敦編『丸山眞男セレクション』（平凡社ライブラリー）、2010年、P441。

拗に批判していた。その一つは、「既成事実への屈服」、すなわち『現実』というものは常に作り出されつつあるもの或は作り出され行くものと考えられないで、作り出されてしまったこと、いな、さらにはっきりいえばどこからか起って来たものと考えられていること」[50]であった。

この戦犯たちの「既成事実への屈服」は、後に『日本の思想』において描かれた、『ありのままなる』現実肯定」でしかない宣長の思想や、「この事実（物）のまえにただ黙して頭を垂れるよりほかなかった」小林の姿に代表された「実感信仰」にも通じている。

丸山は、戦犯問題を、日本の思想的伝統そのものに直結する精神文化上の重大な問題として受け止めていたのである。だが、小林には、知識人が「戦犯問題にうつゝを抜かして」いるようにしか見えなかった。

このように、丸山と小林は、戦後日本に対する政治姿勢に関して、何から何まで正反対であった。にもかかわらず、二人とも福沢諭吉を最大限に評価していたというのは、まことに奇妙な話である。これは、もちろん、丸山と小林が、福沢諭吉に関してまったく異なる解釈をしていたということである。

そこで、最終章となる本章では、この丸山と小林の福沢解釈を比較検討することから始めた

50　丸山眞男「軍国支配者の精神形態」、古矢旬編『超国家主義の論理と心理　他八篇』（岩波文庫）、2015年、P173。

い。この作業を通じて、丸山眞男のとはまったく異質の「小林秀雄の政治学」の輪郭がよりはっきりと現れるであろう。

■丸山眞男の「福沢諭吉の哲学」

福沢に心酔していた丸山は、福沢論をいくつも書いている。ここでは、福沢の思想をプラグマティズムに近いとした「福沢諭吉の哲学」とその序説にあたる「福沢に於ける『実学』の転回」を基に、丸山の福沢解釈を要約しよう。

まず確認しておくべきは、丸山の思想史分析の視角である。

「すべての時代、すべての社会は、夫々《それぞれ》典型的な学問を持っている。ある時代、ある社会に於て学問の原型とせられるものが何か、ということは、その時代なり社会なりの人生と世界に対する根本的な価値決定に依存している。従って、逆に、そうした中心的学問分野の移動によって、人間の生活態度そのものの変転を知ることが出来る[51]」。

こうした分析視角の下、丸山は、江戸時代から明治時代への中心的学問分野の移動の中に、

51　丸山眞男「福沢に於ける『実学』の転回」、松沢弘陽編『福沢諭吉の哲学　他六篇』（岩波文庫）、2001年、P44。

日本人の生活態度の変化を見出そうとし、その転換点に福沢を位置づけつつ、彼の思想を次のように解釈した。

第一に、福沢が提唱した「実学」は、伝統的な学問意識に対する革命的な転回であった。学問の日常的実用性を重視する姿勢自体は、山鹿《やまが》素《そ》行《こう》、熊沢蕃山《ばんざん》などの古学から、陽明学、水戸学に至る江戸時代の学問的伝統にも存在してはいた。しかし、こうした東洋的な「実学」は、自己に与えられた環境から乖離しないことを基本姿勢とするものであり、「客観的環境としての日常生活への学問の隷属」に過ぎなかった。これに対して、福沢の唱えた「実学」は、「客観的自然を逞しく切り開き、之を『技術化』することによって自己の環境を主体的に形成する」という姿勢であった。東洋的な「実学」は所与の環境に順応するだけだが、福沢の「実学」は逆に環境を改変する。[52] だから、福沢は「実学」を「転回」したと丸山は言うのである。

第二に、福沢は「価値をつねに具体的状況との関連において定立し、その結果一切の認識の situation による制約を説いた」が、客観的真理を否定したわけではなく、『真理原則』は前もって静止し固定した存在として我々に与えられているのではなく、むしろ個別的な状況のなかに絶えず具体化され行く過程にほかならぬ」と考えていた。この考えに最も近い西洋哲学は、プラグマティズムである。[53]

52　丸山（２００１年：P57－58）

第三に、福沢によれば、「文明」とは、「社会関係の固定性がますます破れ、人間の交渉様式がますます多様になり、状況の変化がますます速《すみや》かになり、それと同時に価値規準の固定性が失われてパースペクティヴがますます多元的となり、従ってそれら多元的価値の間に善悪軽重の判断を下すことがますます困難となり、知性の試行錯誤による活動がますます積極的に要求され、社会的価値の、権力による独占がますます分散して行く過程」である。この無限の過程を福沢は進歩として信じた。[54]

第四に、価値が固定化せず、多様化し、絶えず具体的状況に応じて流動化するような文明社会においては、価値を選択する主体的能動性が要求される。価値判断が多元化すれば、「そこに必ずや自由は発生する筈[55]」なのである。「人間精神の在り方は福沢において決して単に個人的な素質や、国民性の問題ではなくして、時代時代における社会的雰囲気（福沢の言葉でいえば『気風』）に帰せらるべき問題であった[56]」。そこで福沢は、「人民にいかなる絶対価値をも押

53　丸山眞男「福沢諭吉の哲学」、松沢弘陽編『福沢諭吉の哲学　他六篇』（岩波文庫）、２００１年、P81－82。
54　丸山（２００１年：P89－90）
55　丸山（２００１年：P92）
56　丸山（２００１年：P86）

し付ける事なく、彼等を多元的な価値の前に立たせて自ら思考しつつ、選択させ、自由への途を自主的に歩ませることに己れの終生の任務を見出したのであった」[57]。

要するに、福沢の考える「自由」とは、多様な価値観の中から一つを自発的に選択する自由のことであり、また、その自由は、価値が多元化した文明という社会的環境によって与えられるものであった。福沢は、そのような価値の多元化した文明社会を実現することを自らの任務とした。

丸山の福沢解釈は、以上のようにまとめられる。これを小林のそれと比較してみよう。

■小林秀雄の「福沢諭吉」

小林が福沢諭吉についての随筆を発表したのは、一九六二年の「考へるヒント」の連載においてであるが、その前にも、一九三七年に『福翁自伝』の短評を書いていた。その短評の中で小林は、『福翁自伝』から福沢という人間の強烈な魅力を感じたと述べている。その魅力とは、「彼が自分の抱懐した思想の実際の生かし方、思想を生活理論化するその仕方」であり、実験と観察を通じた思想獲得の方法であった。小林もまた、丸山同様、福沢にプラグマティズムを

57　丸山（2001年：P95）

見出したのである。ただし、当時の小林は、福沢の啓蒙思想にさほど興味を抱かなかったようで、『福翁自伝』以外の著作を読みたいとは思わなかったと書いている（「『福翁自伝』」〔昭和十二年〕、第四巻P97－98）。

ところが、一九六二年の「福沢諭吉」や「天といふ言葉」では、小林は福沢にすっかり惚れ込んでいるのである。ただし、その小林の解釈とは、福沢の思想にプラグマティズムを見出している点以外は、丸山の理解とはまったく異質のものであった。

丸山によれば、福沢は、「客観的環境としての日常生活への学問の隷属」に過ぎない古学から決別したとし、これを福沢の「革命的な転回」とした。これに対して、小林は「福沢諭吉」の中で、福沢には古学を否定する論はみられないどころか、「『物理原則の部分を除くときは、取る可きもの甚だ少からず』といふ古学の、彼の語法を借りれば『精神の密』について彼の鋭敏は、決して鈍磨する事がなかつた」（「福沢諭吉」〔昭和三十七年〕、第十二巻P115）と書いている。福沢は、丸山が言うような「実学の転回」など、まったくしていないというわけだ。

さらに、未知の読者からの批判や質問を受けたとして再度福沢を論じた随筆「天といふ言葉」では、まるで丸山を挑発するかのように、もっとはっきりと、福沢の思想の根底には古学の伝統があるとまで言い切ったのである。

福沢の教養の根柢には、仁斎派の古学があつた。「天は人の上に人を造らず、人の下に人を造らず」を言ふ時、彼は、仁斎の「人の外に道なく、道の外に人なし」を想つてゐたと推測してもいゝし、又、彼が、洋学を実学として生かし得たについては、仁斎の言ふ「平生日用之間に在る」「実徳実智」が、彼の心底で応じてゐたと想像しても少しも差支へないだらう。福沢は、「古学の精神の密」を言ひ、「儒学の極意」を言ひ、「儒教本来の主義」を言つたが、これらの言葉の意味内容については一と言も語らなかつた。これが、説明し難い彼自身の覚悟として生きてゐる限り、洋学を肉体化するよすがとなつてゐる限り、彼には語る必要はなかつたであらう。伝統は、そんな風にも、微妙に働く。大雑把に伝播し、腐敗した学説は、彼が顚覆せんとした、彼の所謂「儒流」であつた。（「天といふ言葉」〔昭和三十七年〕、第十二巻P144）

小林が福沢に古学の伝統を見た所以《ゆえん》を理解するには、そもそも、小林が古学をどう論じていたのかを知る必要がある。

■古学

群雄割拠の戦国時代、武士たちは戦場で生死を賭けた冒険に明け暮れていたが、徳川の平和時代へと移ると、乱世の権力主義を生きてきた武士たちは、突然、固定した封建制度の秩序に組み込まれることとなった。この過渡期における矛盾を、当時の武士たちが実際にどう生き、どう経験したか。小林の関心はそこにあった。

思想史の研究者は、武士道を封建社会の秩序を維持するためのイデオロギーとみなしがちである。しかし、そういう社会構造から思想を解釈しようとする議論は、武士たちの「思想の自発性」あるいは「彼等の胸中にあつた戦国の主従の契りといふ不文の行動の掟の意識化を、生活の必要から強ひられたといふ複雑な大変緊張した経験」（「忠臣蔵Ⅱ」〔昭和三十六年〕、第十二巻Ｐ177）を見失っている。

戦国の不文の行動の掟の意識化とは、武士道のことであった。武士たちは、武士道という「伝統」を創造したと小林は解釈した。

「伝統」とは、過去の遺物ではなく、過去を意識的に「思い出す」ことによって、現在に新たに発明するものである。「環境の激変も、精神の伝統を断絶させるものではない。精神の歴史には、無意識の連続性がある事は、心理学の常識である。武士道とは、武士が自らの思ひ出を賭した平和時の新しい発明品なのであつて、戦国の遺物ではない。自己を遺物と観じて誰も生きられたわけがない。彼等は、実在の敵との戦ひを止めて、自己との観念上の戦ひを始めた。彼等はかつての自然児が知らなかつた苦しみ、思想を経験してみるといふ不自然な苦しみを知つたのである」（「忠臣蔵Ⅱ」〔昭和三十六年〕、第十二巻P175―176）。

古学もまた、戦国時代から徳川時代への環境の激変に対する緊張した経験から生れたと小林は解釈した。

戦国時代が終り、朱子学が、家康の文教政策として固定してから、実は、思想上の戦国時代は始つたと言へる。中江藤樹の直弟子熊沢蕃山は、「天地の間に、己れ一人生きて有ると思ふべし」と言つてゐるが、近江の農夫の子から身を起した藤樹にとつても変るところはないであらう。これには、秀吉が尾張の百姓から出て天下を取つたのと同じ気味合ひのものがあるので、たゞ、二人の天下の意味が違ふだけだ。藤樹は、戦国の兵乱を、「天下の大不幸」と呼んでゐるが、この大不幸によつて養はれた己れ一人の実力に頼るといふ覚悟は、徳川初期の学問上の群雄には皆あつたのである。（「学問」〔昭和三十六年〕、第十二巻P182）

例えば、仁斎は、孔孟の二書のみを訓詁注釈に頼らず熟読玩味すべしと説いたが、これは、戦国時代における「己れ一人の実力に頼るといふ覚悟」を儒学の世界に持ち込むことで成立した学問の方法であった。『論語』を熟読玩味することで、孔子と交わる読書の楽しみが得られる。その楽しみは、自己が孔子と一致する経験から生れる。この主観と客観が一致する経験のことを指して、仁斎は「学問の日用性」と言ったのである。学問における主客一致は、日常生活における直接経験の主客一致と同じだからだ。

それは、「物」、すなわち、あるがままの現実を重んじた徂徠も同じである。

徂徠達の学問に、厳密な方法がなかつたといふ事は、裏返して言へば、何んの事はない、今日の学問より遥かに生活常識に即してゐたと言ふ事なのだ。徂徠が、見聞広く、事実に行きわたるのが学問だ、と言ふ時に、考へてゐた事実とは、今日の学問の言ふ事実ではない。今日言ふ学問的事実とは、合理的事実を指す。経験的事実とは、合理的経験に基く事実を指す。徂徠が見聞を広めよ、と言つた意味は、人間の経験するところは量質ともに広大なものであるから、経験を拡充する事は肝要であるといふ常識的な意味なのだが、今日の学問では、広大な人間的経験の領域を、合理的経験に絞るのを眼目としてゐるから、学者は、必ずしも見聞を広める事を必要としない。いや、人情を解せず、人倫を弁《わきま》へなくても、学問の正しい

道は歩けるのである。徂徠等の夢にも思はなかつた学問の概念である。（「徂徠」〔昭和三十六年〕、第十二巻P195－196）

徂徠の学問観の根本にあるのは、プラグマティズムであった。

前章において述べたように、プラグマティズムの哲学者ジョン・デューイは、認識あるいは理論を「知る（know）」とし、直接経験あるいは第一次経験を「持つ（have）」と表現した。「持たれたもの」は、「知られたもの」より広く、かつ先行するものである。

先の「徂徠」からの引用の中では、認識や理論によって「知られたもの」が「合理的経験」、第一次経験によって「持たれたもの」が「人間的経験」と表現されている。徂徠は、理論は、広大な第一次経験を出発点とすると考えていたから、見聞を広めて第一次経験を獲得することから始めよと説いたのである。第一次経験の獲得とは、要するに現実世界において生きることであり、行為することである。「理を言ひ、智を喜ぶより、生きる方が根柢的な事だ、知るより行ふのが先きである、これが徂徠の基本的な思想であつた」（「徂徠」〔昭和三十六年〕、第十二巻P194）。

主客が一致する第一次経験を獲得すること、すなわち生きることは、自己にしかできない。ということは、己れの生き方が理論の出発点となるということになる。だから、学問を修めるには、「天地の間に、己れ一人生きて有ると思ふべし」という覚悟が不可欠となる。その古学の覚悟と同じものを、小林は、福沢の「私立」という言葉の中に見たのである。

興味深いのは、戦国の世が終わり、徳川時代の平和で固定的な秩序となったことで、政治上の群雄割拠は確かに終わったが、代わって、思想上の群雄割拠が始まったという小林の思想史観である。そういう思想史上の群雄割拠によって登場した英雄豪傑が、素行、藤樹、蕃山、仁斎、徂徠であると小林は解した。

古学は、戦国時代から徳川時代への過渡期という困難に処する中で生み出された思想である。同じように、幕末から明治への過渡期の困難から、福沢の実学が生まれた。福沢は、この環境の激変という困難に対して、「恰も一身にして二生を経るが如く」、すなわち「異常な過渡期に生きてゐる御蔭で、自己がなした旧文明の経験によつて、学び知つた新文明を照らす事が出来る」好機であるという姿勢で臨んだ（「福沢諭吉」〔昭和三十七年〕、第十二巻P114）。福沢も、江戸の古学者のように、思想上の英雄豪傑なのである。

この小林の思想史観は、丸山のそれとはまるで違う。

丸山は、「ある時代、ある社会に於て学問の原型とせられるものが何か、ということは、その時代なり社会なりの人生と世界に対する根本的な価値決定に依存している」という思想史理論の下、古学をはじめとする江戸時代の「実学」を「客観的環境としての日常生活への学問の隷属」と断じた。というのも、「社会関係の固定しているところほど権力が集中するほど人々の思考判断の様式が凝固する」[58]ものであり、そういう社会関係の固定した封建時代における学問は、思考判断の様式が凝固しているはずだからだ。

小林は、そのような解釈をとらなかった。というのも、小林は、丸山とはまったく異なるアプローチにより、思想史に接近したからだ。このアプローチの違いの根底には、二人の学問観の違いがあった。

> 当時の学問の定石的性質が、林家の官学となつて、そのまゝ固定し形式化したといふ事は、成るほど詰らぬ事だが、近世のわが国の学問の真価は、民間学者達の官学への攻勢に現れたとするのが、誰も言ふ通説なのである。だが、大事なのは、彼等が、どういふ勝負して、どう勝つたかにある。彼等は「邪説を学ぶ」者とされたが、彼等にしてみれば、邪説を学ばうにも、凡そどんな学問上の新知識も手に入れる事は出来ない状態に置かれてゐたのであり、言はば鎖国といふ盤上で、奇計鬼手を用ひる余地は全くなかつたのである。私は、比喩的な言を弄してゐるのではない。勝負は、文字通り、たゞ、読みの深さといふ事で決つたのである。今日の学問の概念には親しい、新事実の発見、新仮説、新法則、そのやうなものを、彼

58　丸山（2001年：P88）

等は夢にも思つた事はない。その点で、当時の学問とは、学といふよりむしろ芸に似てゐた。彼等の思想獲得の経緯には、団十郎や藤十郎が、たゞ型に精通し、その極まるところで型を破つて、抜群の技を得たのと同じ趣がある。彼等の学問は、彼等の渾身の技であつた。この特色に着目せず、彼等の思想を、その理論的構造の面から解しようとしても無駄である。思想史を、社会の理論的構造にぴつたり合つた意匠のやうに解する悪習に慣れゝば、思想史とは、単なる社会の衣更《ころもが》へに見えても来るだらう。今時、そんな着物が着られるか、で済す事にもなるだらう。（「学問」〔昭和三十六年〕、第十二巻P181）

この一文は、丸山の思想史の方法論に対する根本的な異議申し立てであるように、私には思われる。というのも、福沢が「実学」を転回したという丸山の解釈こそ、「思想史を、社会の理論的構造にぴつたり合つた意匠のやうに解」し、思想史を「単なる社会の衣更へ」のようにみなしたものだからだ。

小林は、古学という学問の在り方を、「団十郎や藤十郎が、たゞ型に精通し、その極まるところで型を破つて、抜群の技を得たのと同じ趣がある」としている。これは、モーツァルトにとって「模倣は独創の母」であったというのと同じことである。

鎖国によって学問上の新知識を得ることができなかったという環境制約は、独創性の妨げにはならない。むしろ、『論語』を深く読み抜き、孔子と自己とが一体化する主客一致の経験に至ることで、古学は独創を成し遂げた。素行、藤樹、蕃山、仁斎、徂徠、いずれもただ『論語』に精通し、孔子を徹底的に模倣しようとして、その極まるところで、独創的な解釈学を生み出した。

社会科学であれば、時代や社会という状況の制約が、独創性の母となる。

プラグマティズムの哲学が強調したように、我々が「持っている」第一次経験（直接経験）は、我々が「知っている」とする認識や理論よりも広大である。したがって、社会科学の目的は、社会における第一次経験という広大な世界を探究することとなる。

第一次経験の世界を探究するというのは、徂徠の言を借りれば、見聞を広めるということである。探究を深めたことにより、第一次経験に近づけば近づくほど、我々は社会の現実に近づいていく。社会科学とは、言わば、現実世界に接近する方法である。これは、プラグマティズムの「道具主義」の考え方であるが、これと同じ思想を『論語』の中に見出したのが、仁斎らの古学であった。

> 出来上つた知を貰ふ事が、学ぶ事ではなし、出来上つた知を与へる事が教へる事でもなからう。質問する意志が、疑ふ意志が第一なのだ。（中略）恐らく、孔子の思想を一貫してゐ

る現実主義、実践主義と深く結ばれてゐるでせう。これは、彼の学問全体が、本質的に方法論である事を、彼の言ふ「道」とは、「方法」である事を語つてゐるとも考へられます。人間に出来る事は、天与の智慧を働かせて、生活の為に、実在に正しく問ふ事だ。実在を解決する事ではない。正しい質問の形でしか、人間にふさはしい解答は得られはしない。それで充分である。恐らく、このやうな智慧の典型的な蓄積を、彼は、先王の行跡に見たのだと思はれます。それが、「中庸」に言ふ、「隠ヲ素《モト》メ、怪ヲ行フハ、後世述ブルコト有ラン、吾ハ之ヲ為サズ」といふ言葉の一番奥にある意味でせう。（「常識について」〔昭和三十九年〕、第九巻P349）

プラグマティズムそして古学にとって、我々が社会において「持っている」第一次経験という環境制約は、探究の障害ではなく、むしろ必要条件であり、出発点である。環境制約がなければ、探究も始まらない。古学（＝プラグマティズム）にとって、学問は、客観的環境の「読みの深さといふ事で決つた」のである。それを「客観的環境としての日常生活への学問の隷属」とみなした丸山は、古学についてもプラグマティズムについても、理解が十分ではなかったのである。

丸山と小林のこの古学を巡る見解の相違は、「自由」をどう考えるかという政治学的な論点にも深くかかわってくる。

■二つの「自由」

丸山の解釈によれば、福沢の考える「自由」とは、価値観を自発的に選択する自由のことであった。そして、価値観が多元化して選択を迫られるような社会環境になれば、自由はおのずと実現するものであった。しかし、価値観が多元化していない閉鎖的な封建社会では、自由は実現しようもない。そこで、福沢は、価値観が多元化し、権力が分散した社会を実現することを自らの任務とした。丸山はそう解釈した。

だが、第四章で論じたように、「自由」には、社会から権利として与えられた「リバティー」と、自己を実現しようとする個人的な姿勢としての「フリーダム」とがある。モーツァルトや団十郎のような芸術家、あるいは江戸時代の古学者たちは、それぞれ模倣すべき型や『論語』に制約されていたから、「リバティー」という意味での「自由」を著しく制約されてはいた。しかし、彼らの創造は、「フリーダム」という意味では、確かに「自由」であった。

だとすると、丸山の福沢解釈における「自由」――価値観が多元化した社会環境でなければ実現しないという意味における「自由」――の概念は、「フリーダム」ではなく、「リバティー」のことであろう。「リバティー」は社会によって与えられるものであるが、「フリーダム」の実現は、あくまで個人の内面の問題だからである。

小林は、福沢の精神の根底には古学があると看取した。古学には、フリーダムとしての「自由」がある。ということは、小林は、福沢の「自由」を「フリーダム」と読んだということになる。

小林は、進歩派の福沢が反動的な意見を表明したとして世間を驚かせた「痩《やせ》我慢の説」に注目する。周知の通り、「痩我慢の説」とは、幕臣でありながら官軍に妥協した勝海舟や、新政府に降《くだ》って仕官した榎本武揚を批判したものである。幕臣であったのなら、新政府の側には付かないという「痩我慢」が士道というものであり、勝と榎本はその士道に背いたというのである。小林は、「士道」すなわち「痩我慢」とは、「私立」を言い換えたものだと言う。

実は、この「痩我慢」とは、「フリーダム」のことなのである。

そのことは、「フリーダム」の意味を確認すれば、合点がいくであろう。

「フリーダム」とは、自由な意志による行動だけで得られるものではない。自由な意志による行動が環境の必然的な成行きと合致し、こうするより他になかったという運命を感じる。そういう時に得られる生の充実感、それが「フリーダム」である。

もちろん、士道であれ、愛国であれ、自己の外側から客観的に押し付けられ、それに隷属するようでは、「私立」は不可能である。そういう社会では、確かに丸山の言う通り、「自由」はあり得ない。

しかし、もし士道や愛国を自らの自発的な意志で選び取ったとしたら、どうなるか。士道や忠君愛国に殉ずる行動は、生を充実させるものとなるであろう。この主客一致の経験がもたらす充実感こそが「私立」であり、「フリーダム」なのである。この「フリーダム」は、価値判断の多元化によって実現されるようなものではない。

「フリーダム」は、士道なり愛国なりといった道徳に制約されているから、その意味では確かに「我慢」ではあるのだが、自発的・積極的な意志による我慢だから「痩我慢」だというわけである。そう考えると、「痩我慢」とは、「私立」あるいは「フリーダム」を表す絶妙の言葉であると納得できるであろう。

他方で、士道であれ愛国であれ、自ら進んで取るべき道徳が何もない場合には、意志の自由を許されたとしても、達成感や満足感は得られないだろう。そういう状態は「リバティー」という意味での「自由」の条件は満たしているのかもしれないが、「フリーダム＝私立」とは言えない。

こうした「フリーダム＝私立」を欠いた精神から生じる不満は、優れた他人を自分の水準にまで引き下げて、平等にしたいと願う「怨望《えんぼう》」へと転落するであろう。「怨望」とは、「私立」

を欠いた心理である。

福沢が最も警戒したのは、この「怨望」であった。

優れた人間が劣った人間と同じ水準に引き下げられ、誰もが平等に力をもつということになれば、数の多い方が勝つことになる。これが、民主主義における数の論理である。だとすると、民主主義には、他人を自分と同じ状態にまで引き下げたいという「怨望」が働いているということになる。そこには「私立」はない。

要するに、民主主義は、自由《フリーダム》を妨げるのだ。「『士道』は『私立』の外を犯したが、『民主主義』は、『私立』の内を腐らせる。福沢は、この事に気附いてゐた日本最初の思想家である」（「福沢諭吉」〔昭和三十七年〕、第十二巻P123－124）。

■気風

小林は、福沢の「私立」という言葉に注目した。そして、福沢が、人間精神の在り方はあくまで個人の問題であるべきだと考えていると解釈した。それは、小林自身の考えでもあることは、第五章で論じたとおりである。

これに対して丸山は、「人間精神の在り方は福沢において決して単に個人的な素質や、国民性の問題ではなくして、時代時代における社会的雰囲気（福沢の言葉でいえば『気風』）に帰せらるべき問題であった」と論じた。

丸山は、福沢が用いた「気風」という表現を重視し、次のようにも述べている。「彼が『概略』において建武中興の失敗と明治維新の成功を例示して、歴史の原動力が単なる観念（例えば尊王論）や個人の責任（例えば後醍醐天皇の不明）に帰すべきものでなく、時代の『気風』にあることを力説し、又近代における西洋の東洋に対する優越も同じく『一人の智愚に由るに非ず全国に行はるゝ気風に制せら』れる結果だというのも、彼が精神をどこまでも客観的精神乃至社会意識として理解していたことを示している[59]」。

福沢は、時代の「気風」を、固定した閉鎖的で画一的なものから、動態的・開放的・多元的なものへと改革しなければ、自由な精神はあり得ないと考えていた。これが丸山の解釈である。ところが、福沢の「気風」に関する小林の解釈は、丸山のそれとは根本的に異なるものだった。

西洋者流は時流には乗つたが、自覚を欠いてゐた。彼等には、福沢に言はせれば、「独立の丹心の発露」といふものが見られない。彼等を、俄に咎《とが》める事も出来ないのは、彼等が、

59　丸山（2001年：P102）

世間の気風に酔つて自ら知らないからであるが、この「無形無体の気風」に大事があると福沢は言ふ。「遽《にわか》に一個の人に就き、一場の事を見て、名状す可きものに非ざる」「所謂スピッリット」なるものを看取する事が、文明の論を成す大切な前提である、さういふ考へは、早くも「学問のすゝめ」のうちに現れてゐるのである。ところで、洋学を学びながら、この「スピッリット」に制せられ、今の洋学者流はどういふ事になつてゐるか。「恰《あたか》も一身両頭あるが如く、私に在つては智なり、官に在つては愚なり、これを散ずれば明なり、これを集めれば暗なり、政府は衆智の集る所にして、一愚人の事を行ふものと云ふ可し、豈《あに》怪まざるを得んや」。さういふ事になつてゐる。（中略）

既に言つたやうに、福沢は明治の過渡期に処する困難を、又とない「好期」、西洋人にはわからぬ「実験の一事」と見た。一方、さういふ努力を払はないから、学者達は日新の学を学ぶと称して、実は所謂「スピッリット」といふ時代風潮に、知らず識らずのうちに、屈してゐるのを見た。注意すべきは、彼の言ふ「実験の一事」には、洋学の実験的方法の意味はなく、むしろ「学者は学者にて私に事を行ふ」意味に重点がある事だ。学者に「独立の丹心」があれば、新知識を得るのと自己を新たにするのとは同じ事である筈だ。（「福沢諭吉」〔昭和三十七年〕、第十二巻P115－116）

福沢は、「気風」すなわち「時代時代における社会的雰囲気」を変えて自由を実現しようとしているのではない。固定的であろうが流動的であろうが、閉鎖的であろうが開放的であろうが、「時代時代における社会的雰囲気」などというものに制せられること自体が、「私立」「自由」ではないと言っているのである。民主主義が「私立」の内を腐らせるというのも、民主主義というものが集団心理や社会的雰囲気であるからだ。

福沢は、丸山が言うように「精神をどこまでも客観的精神乃至社会意識として理解していた」のではない。「客観的精神乃至社会意識」と化した精神、すなわち社会的雰囲気に依存した精神である「気風」や「所謂スピッリット」を批判したのである。これが、小林の解釈である。

このように、丸山と小林の福沢解釈は、まるで正反対なのである。いったい、どちらの解釈が正しいのであろうか。『学問のすゝめ』を読み直した方がよさそうだ。

小林が引用した『学問のすゝめ』の一節「恰も一身両頭あるが如く、私に在つては智なり、官に在つては愚なり、これを散ずれば明なり、これを集めれば暗なり、政府は衆智の集る所にして、一愚人の事を行ふものと云ふ可し、豈怪まざるを得んや」は、その後、次のように続く。

「畢竟その然る由縁は、かの気風なるものに制せられて人々自ら一個の働きを逞しうすること能わざるに由って致すところならん乎《か》[60]」。

ここで福沢は、「人々自ら一個の働き」を妨げているのは、固定的・閉鎖的な「気風」だと言っているのだろうか、それとも「気風」それ自体だと言っているのだろうか。前者であれば丸山の解釈が、後者であれば小林の解釈が正しいということになる。福沢の議論を読み進めてみよう。

　右所論をもって考うれば、方今我国の文明を進むるには、先ずかの人心に浸潤したる気風を一掃せざるべからず。これを一掃するの法、政府の命をもってし難し、私の説諭をもってし難し、必ずしも人に先《さきだ》って私に事をなし、もって人民の由るべき標的を示す者なかるべからず。今この標的となるべき人物を求むるに、農の中にあらず、商の中にあらず、また和漢の学者中にも在らず、その任に当る者はただ一種の洋学者流あるのみ。[61]

福沢は、「私立」を妨げる「気風」を一掃する方法は、政府の命でもなく、言論による説得でもなく、「私立」を率先垂範《すいはん》する者の存在だと述べている。本来であれば、その者こそ、洋学者であるべきだ。しかし、実際の洋学者たちは「私立」を欠いた者ばかりなので、彼らに期

60　福沢諭吉『学問のすゝめ』（岩波文庫）、1942年、P45。以下、福沢と記す。
61　福沢（1942年：P45—46）

待することもできない。そこで、「前条所記の論説果して是《ぜ》ならば、我国の文明を進めてその独立を維持するは、独り政府の能《よく》するところに非ず、また今の洋学者流も依頼するに足らず、必ず我輩の任ずるところにして、先ず我より事の端《たん》を開き、愚民の先《せん》をなすのみならず、またかの洋学者流のために先駆してその向かう所を示さざるべからず」[62]と福沢は結論する。

　要するに、「私立」を妨げる「気風」を一掃するには、「気風」を変えるのではなく、自らが率先して「私立」を実践するしかない。「私立」は、社会的雰囲気の問題ではない。あくまで個人の行為の問題である。福沢は、そう言っている。

　このことは、福沢の「私立」が、「リバティー」ではなく、「フリーダム」であるという解釈を補強するであろう。なぜなら、繰り返しになるが、「リバティー」は「公」によって与えられるものであるが、「フリーダム」は「私」の内面の問題だからだ。福沢を正しく読んだのは、丸山ではなく、小林であったのである。

■日本文化の歴史的個性

丸山は、福沢がヨーロッパ的学問の範型を物理学に見出したことを重視した。

62　福沢（1942年：P48）

近代物理学は、実験を通じて自然を主体的に再構成していく。その精神は自然科学のみならず、政治や社会等の人文領域にまで適用され、社会秩序に従属するのではなく主体的に再構成していく独立自由の精神となる。そういう近代精神に対する福沢の理解に、丸山は大いに感銘を受けている。[63]

ところが、小林は、丸山とはまったく違ったところに、福沢の本領を見ていた。

小林は、福沢が幕末から明治への過渡期を生きることを「恰も一身にして二生を経る」ものと表現したことに、彼の思想の核心があると見ていた。「当時の急激な過渡期に処するとは、彼に言はせれば『恰も一身にして二生を経る』困難な経験をする事であつた。彼は、この事実を、極めて率直に容認した上で仕事をした思想家である」（「天といふ言葉」〔昭和三十七年〕、第十二巻Ｐ138）。

小林にしてみれば、福沢が物理学を重視したことなどは、どうでもいいことであった。福沢がその人生を賭けた啓蒙とは、物理学に代表される西洋の近代精神を紹介することではなく、歴史の過渡期における情勢の激変という困難に、各人がどう対処すべきかを示すことだったのである。そして、その対処法こそが、「私立」であった。

63　丸山（２００１年、Ｐ53－56）

漢書生と洋学者とは、我等の両身であり、両身相較する自己を実験台としなければ学問論も文明論も書く事は出来ぬ。彼は、「西洋文明の為に東道の主人と為り」「洋学の実利益を明にせんことを謀り、あらん限りの方便を運《めぐ》らす其中にも、凡そ人に語るに、物理の原則を以てして自ら悟らしむるより有力なるはなし」と考へてゐたが、「学問のすゝめ」は科学方法論ではないし、「文明論之概略」は、新文明説入門でもない。福沢諭吉といふ人間が賭けられた啓蒙書なのである。過渡期とは言葉ではない。保守家と洋癖家との議論の紛糾ではない。自らが、めいめいの工夫によつて処すべき困難な実相である。処すべき実相を答案の用意ある問題にすり代へてはならぬ。過渡期は外に在る論議の対象ではない。「一身にして二生を経る」君自身の内的な経験そのものである。これが福沢の説いた「私立」の本義であり、彼の啓蒙が目指したものだ。これは難かしい事であつた。今日ではもう易しい事になつたと誰に言へよう。過渡期でない歴史はない。（「福沢諭吉」〔昭和三十七年〕、第十二巻P116）

歴史の過渡期が困難なのは、新しい事態が到来して、現実に関する従来の解釈や既存の理論が通用しなくなるからである。それは、戦時中に小林がしきりと強調した「事変の新しさ」と同じことである。

環境が変化し、従来の理論や解釈ではどうにも対処できなくなった場合に、どう対処すべきか。そうした時、マキアヴェリ、信長あるいは武蔵は、臨機応変の判断をするために、「物」そのもの、あるがままの現実を見ようとした。未曾有の事態が勃発し、既存の理論が通用しなくなったので、直接経験に立ち戻ろうとしたのである。この実践家たちが窮状を打開しようとする時にとる姿勢を、小林は「実用主義」と呼んだ。プラグマティズムである。

戦国時代から江戸時代への過渡期においては、やはり直接経験に立ち戻ろうとする思想が現れた。それが、仁斎や徂徠らの古学というプラグマティズムである。

そして、この古学のプラグマティズムを継承して、幕末から明治への過渡期に対処しようとしたのが、福沢諭吉である。

小林は、直接経験、すなわちあるがままの現実を知覚することを表現するのに、「信じる」という言葉を使う。デューイの言う「持つ（have）こと」と「知る（know）こと」を、小林はそれぞれ「信じること」と「知ること」と表現している（「信ずることと知ること」〔昭和四十九年〕、別巻I）。認識以上のものを含む豊かな直接経験の世界をそのまま受け入れるならば、それは確かに「信じる」という行為となるだろう。

福沢は、東西文明の激突によって生じた文明の紛糾の条件なり原因なりを分析し、その解釈解法を求めた人ではない。私達が出会った文明の紛糾自体の形に、眼を据ゑた人だ。見れば見るほど、その姿は日本独特のものと映り、その個性を、そつくり信じた人だ。彼は、恰も、林檎を描かうとして林檎の個性を見て信ずる画家のやうに、文明の歴史的個性を見てこれを信じたのであり、この無私なヴィジョンのうちだけに、活路を見出した。自分の弱点を正すには、他人の美点が参考になるといふやうな中途半端な事を考へた人ではない。

　彼の精神は、問題意識とか危機意識とかいふ現代風な言葉の指す心理状態とは、何んの関係もない。日本の文明が見舞はれてゐるのは、或は危機かも知れないが、その歴史的個性が生きて前進してゐる事がよく信じられゝば、それは、眼下に、「一世を過ぐれば、再び得べからざる」好機と変ずるであらう。さういふヴィジョンの力である。少しも格別なやり方ではない。生活力の強い、明敏な常識を持つた人々が、その個人的な窮境を打開するのと同じやり方であり、これを福沢は、思想人として、はつきり自覚してゐたまでだ。ヴィジョンは、解法を教へはしなかつたが、活路は教へた。一歩を踏み出す事を、実験によつて自証する事を迫つた。（「天といふ言葉」〔昭和三十七年〕、第十二巻P140）

福沢は、旧文明から新文明への過渡期という現実のあるがままを信じた。すると、日本の歴史的個性がはっきりと分かり、これから日本が進むべき道も見えた。あとは、その道へ向かって進むだけである。

福沢の目に映じた「日本の歴史的個性」とは、何か。それは、そもそも日本文化とは、異質な諸文化から成り立っているということであった。

もちろん、日本文化が諸文化の混合であること自体は、誰もが言うことである。だが、小林が凡庸な日本文化論者たちと一線を画するのは、異質な諸文化を統一する際にとった日本人の手法に着目し、その手法自体を日本文化の個性と解したことであった。

> 知識階級といふ様な言葉を知らなかつた明治の知識人は、自分の責任に於いて知識を愛し求める術をよく知つてゐた。そして知識人の選良が期せずして到達した大問題は、わが国の伝統的文化と新しい西洋の文化とをどういふ具合に統一したらいゝかといふ事であつた。漱石も鷗外も一生涯この問題に悩んだ。福沢諭吉も言つた様に、日本の知識人の生は二重になつてゐる。この大問題を離れてこれからの日本の文化はない。何故かといふとそれは日本人自ら解決するより外はない日本の文化の個性だからだ。敗戦による反動から、何かと言ふと国際的といふ言葉を喜んで使つてゐるが、個性のない文化なぞ意味を全くなさぬ、culture と technique とは異ふといふ事にやがて皆が気付く時が来るであらう。日本の文化の個性といふものを観察すれば、恐らくこれほど複雑な異質な諸文化を背負うた知識人は世界中にないと思ふだらう。封建主義の清算なぞと高を括つてゐても何んにもならぬと悟るだらう。

（「知識階級について」〔昭和二十四年〕、第八巻P189）

日本という文化は、異質な文化の流入を余儀なくされる運命にある。しかし、異質な諸文化をどのように統一するかについて、指導理論などは存在しなかった。日本人は、その都度《つど》、異質な諸文化の直接経験によって、これを統一し、新たな日本文化を創造することを常に強いられてきた。それが、「日本の歴史的個性」である。

そして、異質な諸文化の統一に必要な「直接経験」は、個人的なものである。異質な諸文化が入り乱れる現実のあるがままを、個人が直接経験し、それらを自ら統一して、新たな日本文化を創造するしかない。だから、「私立」が必要になる。

では、異質な諸文化の統一は、具体的に、どのような手法で行うのか。ここが重要なのであるが、福沢は、和洋の折衷《せっちゅう》などということはしなかった。そうではなく、西洋を徹底的に模倣したのである。

モーツァルトや団十郎は、型の模倣を徹底することで新たな芸術を創造した。古学は、『論語』という型の模倣を追求して独創的な解釈を生み出した。それと同じように、福沢は、洋学という型を徹底的に模倣して危機を突破しようとした。そして、その結果として、彼の強烈な個性から発した独自の思想が搾り出された。「『学問のすゝめ』や『文明論之概略』が、あれほど読まれたのは、たゞ、世人の為に運らされた平易な解説だつたが為とは考へられまい。やはり、世人は福沢といふ独特な人間を、そこに嗅いだのである」（「福沢諭吉」〔昭和三十七年〕、第十二巻P117）。

■本居宣長

日本文化が異質な諸文化から成るということは、丸山眞男の『日本の思想』の中心的なテーマでもあった。しかし、丸山にとって、その日本文化の姿は、異質な諸文化が無秩序に雑居しているばかりで、統一されていないものだった。この日本文化の「雑居的無秩序性」は、座標軸となるような文化的伝統をもたないまま、流入する異文化を整序することなく次々と摂取した結果である。この「雑居的無秩序性」を克服し、日本文化を整序的に統一するには、座標軸となるような思想的伝統が必要である。丸山は、そのように論じた。

これに対して、小林は、異質な諸文化の統一は、各個人の直接経験によってなされるべきものであり、かつ日本文化は、そのようにして異質な諸文化を統一してきたと考えていた。さらに言えば、異質な諸文化を直接経験によって統一し、新たな文化を創造していく歴史こそが、日本文化の個性であった。小林は、日本文化に、丸山の言う「雑居的無秩序性」などというものを認めなかったのである。

異質な文化の流入という危機に対して、直接経験によって対処し、異文化を統一して新たな文化を創造する。この日本の歴史的個性と言うべき営為は、中国から文字というものが渡来した上代から行われていた。このことに着目したのが、本居宣長である。小林が宣長を読むことをライフワークとしたのは、そのためであろう。

文字の渡来というのは、上代の日本人が直面した新しい事態であり、危機的な体験であった。これまで、言葉と言えば、話し言葉だけであり、実際に相手を目の前にしたコミュニケーションの世界しか知らなかった人々が、突然、書き言葉という、話し相手なしのコミュニケーションの世界に放り込まれたのである。しかも、話し言葉から書き言葉への移行は、通常は、話し言葉という音声を文字化することによって行われるというのに、日本人は、外国から漢字という象形文字を受け取ってしまった。そこで日本人は、「訓読」という独創的な書物の読み方を編み出したのだが、この独創を成し遂げるに至るまでの困難は、並大抵のものではなかった。

「これを想ひ描くといふ事が、宣長にとつては、『古事記伝』を書くといふその事であつた。彼は、上代人のこの言語経験が、上代文化の本質を成し、その最も豊かな鮮明な産物が『古事記』であると見てゐた」（「本居宣長」〔昭和五十二年〕、第十三巻P274）。

さて、この漢字の渡来という言語経験上の危機を、上代人は、どのように克服して、独創的な文字を生み出し得たか。

その方法は、またしても「模倣」であった。モーツァルト、仁斎、徂徠、そして福沢諭吉らと同じ手法である。「日本文化は、中国文明の『模倣』に過ぎない」などという俗論を、小林は一蹴する。独創は、模倣を徹底しなければ生まれないのだ。

上代人は、最先端の漢文明に圧倒されて、漢字漢文の模倣を強いられたのではない。自発的に、そして堂々と模倣したのである。


漢字漢文の模倣は、自信を持つて、徹底的に行はれた。言つてみれば、模倣は発明の母といふまともな道が、実に、辛抱強く歩かれた。知識人達は、一般生活人達に親しい、自国の口頭言語の曖昧な力から、思ひ切りよく離脱して、視力と頭脳による漢字漢文の模倣といふ、自己に課した知的訓練とも言ふべき道を、遅疑なく、真つすぐに行つた。そして遂に、模倣の上で自在を得て、漢文の文体《カキザマ》にも熟達し、正式な文章と言へば、漢文の事と、誰もが思ふやうな事になる。其処までやつてみて、知識人の反省的意識に、初めて自国語の姿が、はつきり映じて来るといふ事が起つたのである。

知識人は、自国の口頭言語の伝統から、意識して一応離れてはみたのだが、伝統の方で、彼を離さなかつたといふわけである。日本語を書くのに、漢字を使つてみるといふ一種の実験が行はれた、と簡単にも言へない。何故なら、文字と言へば、漢字の他に考へられなかつた日本人にとつては、恐らくこれは、漢字によつてわが身が実験されるといふ事でもあつたからだ。従つて、実験を重ね、漢字の扱ひに熟練するといふその事が、漢字は日本語を書く為に作られた文字ではない、といふ意識を磨《と》ぐ事でもあつた。口誦のうちに生きてゐた古語が、漢字で捕へられて、漢文の格《サマ》に書かれると、変質して死んで了ふといふ、苦しい意識が目覚める。どうしたらよいか。

この日本語に関する、日本人の最初の反省が「古事記」を書かせた。日本の歴史は、外国文明の模倣によつて始まつたのではない、模倣の意味を問ひ、その答へを見附けたところに始まつた、「古事記」はそれを証してゐる、言つてみれば、宣長は、さう見てゐた。(「本居宣長」(昭和五十二年)、第十三巻P278)

上代の日本人は、漢字漢文を徹底的に模倣し、日本語の話し言葉を固定し、整序するように努力した。その結果、漢字ではどうしても表現できない日本独特の言語経験の世界が、逆にはっきりと意識された。その意識が『古事記』を生んだというのである。

ということは、『古事記』には、漢字では表現できない上代人の生活経験が保存されているはずだ。その上代人の生活経験を、古言を明らかにする古学の手法によって再現しようとしたのが、宣長の国学であった。

その宣長について、丸山眞男は次のように解釈した。宣長は、儒者の「理論信仰」を「からごころ」として批判するにとどまらず、「実感信仰」に偏して、一切の論理化＝抽象化を退けた。その結果、「そこからでて来るものは一方では生まれついたままの感性の尊重と、他方では既成の支配体制への受動的追随となり、結局こうした二重の意味での『ありのままなる』現実肯定」に陥った。

こんなふうに宣長をみていた丸山にしてみれば、上代人の生活経験の探究などは、近代的な科学的認識を拒否する「実感信仰」の典型ということになろう。

しかし、小林は、そうは解さなかった。そのことは、「『本居宣長』補記」における「真暦」の議論を読むことで、よりはっきりと分かる。

「真暦」とは、我が国が中国の制度にならって暦法を導入した推古天皇の御代より以前に存在し、皇祖神が造ったとされる暦のことである。暦法の大家たちは、暦法が輸入される前に、我が国に暦が存在したなどと考えもしなかった。しかし、宣長は、「真暦」の存在を信じた。それは、「上代の人々の『天地ノ間ノ物』に密着した生活、農耕し漁労し、更にそれを、天神地《てんしんち》祇《ぎ》を祭る事によつて秩序づけ、誤たず日を送つてゐた彼等の生活経験の内部から、おのづと暦の観念が発生して来る、その姿だ」（「『本居宣長』補記」〔昭和五十四年〕、別巻Ⅰ、Ｐ38）。

「真暦」は、歴史的に蓄積された人々の季節感に基づく生活経験であり、文化の歴史的個性である。その歴史的個性を宣長は信じたのだと、小林は言うのである。しかし、丸山には、宣長の信じた「真暦」などというものは、科学的な思考を拒否する「実感信仰」の産物にしか見えなかったであろう。

ところが、実際の宣長は、科学的な思考を拒否するどころか、西洋の近代的な天文学に精通していたのである。しかも、近代的な天文学に基づくオランダ暦の方が、唐から来た暦法よりも「真暦」に近いと宣長は見ていただろうと小林は言う。

> 「真暦不審考弁」を見ると、宣長は、相手の天文暦数の大家に向つて、唐国の暦法の定まりに泥《なず》む愚を説いてゐる。近頃のオランダの暦法など見てはどうか、驚いて目を廻はすであらうと言つてゐる。科学的認識を曇らせるどころの段ではない。陰陽五行説と馴れ合つて渡来した暦法などに比べれば、余程純粋な科学的認識に基いたオランダ暦の方が、遥かに自分の信じてゐる「真暦」に近いと、彼は見てゐたと言つてもよい。原始の体験は、これを知的に整へる末梢の経験を包みこそすれ、これに制圧はされまい。両者の衝突の如きは、宣長の思考の上では起り得なかつた、それもよく感じられると思ふ。（「『本居宣長』補記」〔昭和五十四年〕、別巻I、P34）

プラグマティズムが強調したように、直接経験あるいは第一次経験は、科学的認識よりも広大である。そして、直接経験は、科学的認識と対立するものではなく、むしろその出発点となるべきものである。直接経験は「真暦」に、科学的認識は「オランダ暦」に対応している。宣長の哲学もまた、プラグマティズムなのである。

科学的認識を曇らせるのは、人々の生活経験に密着した真暦ではなく、陰陽五行説という生活経験から離れた理論に依存する暦法の方である。暦法とは、要するにイデオロギーのことである。

イデオロギーは、直接経験から遠ざかることで、科学的認識を歪める。ありのままの現実を見るのを妨げる。したがって、歴史の過渡期のような危機においては、イデオロギーを捨てて、直接経験を回復しなければならない。ただし、直接経験に立ち戻る上で頼りになるのは、「己れ」だけである。これは、小林がすでに「様々なる意匠」において語っていたことであった。

小林は、本居宣長に行き着いたことで、「様々なる意匠」に戻ってきたのである。

■伝統と自由

小林は、「本居宣長」を書いている頃に行われた数学者岡潔《きよし》との対談で「振りかえってみますと、二十代でこれはと思ったことは変えていませんね。それを一歩も出ないのです。ただそれを少し詳しくしているだけですね」（「人間の建設」〔昭和四十年〕）と語っている。

確かにその通りである。

「様々なる意匠」の発表から四年後、世界恐慌の只中にあった一九三三年、小林は「故郷を失つた文学」の中で、「世界に共通な今日の社会的危機といふ事が言はれるが、かういふ事を考へてゐると日本の今の社会は余程格別な壊れ方をしてゐるのだとつくづく思はざるを得ない」（「故郷を失つた文学」〔昭和八年〕、第三巻P36）と書いた。その「格別な壊れ方」とは、日本人が西洋の影響を受け過ぎて、西洋の影響を受けていることすら分からなくなっているという危機であった。

この危機について、小林は次のように論じたのである。

私達は生れた国の性格的なものを失ひ個性的なものを失ひ、もうこれ以上何を奪はれる心配があらう。一時代前には西洋的なものと東洋的なものとの争ひが作家制作上重要な関心事となつてゐた、彼等がまだ失ひ損つたものを持つてゐたと思へば、私達はいつそさつぱりしたものではないか。私達が故郷を失つた文学を抱いた、青春を失つた青年達である事に間違ひはないが、又私達はかういふ代償を払つて、今日やつと西洋文学の伝統的性格を歪曲する事なく理解しはじめたのだ。西洋文学は私達の手によつてはじめて正当に忠実に輸入されはじめたのだ、と言へると思ふ。（「故郷を失つた文学」〔昭和八年〕、第三巻P37）

文芸批評家の桶谷秀昭は、これを小林の「ひらきなほつた態度の宣言」とみなしている。そして、「今日やつと西洋文学の伝統的性格を歪曲する事なく理解しはじめた」と言う小林に対して、「かりにこれが疑ひやうのない事実としても、失はれたものは失はれたものなのだ。だが、はたして事実であらうか」と疑問を呈している。[64]

　哲学者の木田元もまた、この一文を、小林の居直りであり、自嘲であるととらえている。「いま読むと、ちょっと真意の捉えにくい評論だが、底に流れているのはやはり故郷を失った自分たちへのアイロニカルな自嘲なのであろう[65]」。

64　桶谷秀昭『昭和精神史』（文春文庫）、１９９６年、P225。
65　木田元『なにもかも小林秀雄に教わった』（文春新書）、２００８年、P131。

しかし、二人とも、小林の真意を完全につかみ損ねていると私は思う。これは、開き直りとかアイロニカルな自嘲とかいった女々しい態度では決してない。そうではなくて、小林は、故郷喪失という危機に対して、漢字の渡来に直面した上代人や、西洋文明を見た福沢諭吉と同じ姿勢で臨んだということなのである。

西洋文学の影響がもはや逃れようもないのならば、西洋文学を忠実に輸入し、徹底的に理解し、模倣してやろう。そうすれば、いずれ個人の成熟とともに、模倣しえないものが現れ、我がものとなるだろう。西洋文学は、そうやって成熟の時間をかけて超克されるのだ。小林は、もうこの時期には、そう考えていたのである。

大東亜戦争が勃発した年の翌年に開かれた座談会「近代の超克」において、小林は、次のように発言している。「近代の超克といふことを僕等の立場で考へると、近代が悪いから何か他に持つて来ようといふやうなものではないので、近代人が近代に勝つのは近代によつてである。僕等に与へられて居る材料は今日ある材料の他にはない。その材料の中に打ち勝つ鍵を見付けなければならんといふことを僕は信じて居ます[66]」。

ここに表明されているのは、困難な環境という制約から逃げるのではなく、その制約を受け入れ、かつそれと戦うことで、危機を克服するという姿勢である。それは、彫刻家にとっての

66　河上徹太郎・竹内好『近代の超克』（冨山房百科文庫）、1979年、P254。

大理石、モーツァルトにとっての音楽の型、詩人にとっての言葉のように、制約の中にあって、制約の客観と己の主観とを一致させるという経験である。そして、そこにこそ「自由《フリーダム》」がある。

「芸術家といふものは、決して自由な人ではない。常にどうにもならぬ材料の制約と戦つてゐる人間です。更に言へば、その戦のなかに、真の自由を発見してゐる人間です。制約のない方が自由だといふ考へほど、真の芸術家の考へから遠いものはない」（「伝統」〔昭和十六年〕、第七巻P233―234）。

この「伝統」という随筆は、座談会「近代の超克」の前年のものである。その中で小林は、真の「自由《フリーダム》」を実現した時に、「伝統」が発見されると論じた。つまり、主観と客観が一致する直接経験において、これを主観から見れば「自由《フリーダム》」であり、客観から見れば「伝統」だということである。

伝統の発見といふ事は、芸術家が極めて立派な材料を発見したと感ずる処に起る。人間の精神の自由が材料の必然と統一してゐるといふ美しさが、ある動かし難い文化の形として感じられた時に起る。さういふものが新しい創造の材料となる時に、その形が動かし難い規範として見えて来るのである。規範として映る時、材料といふものの制作に対する抵抗は最大となる。この抵抗に自覚と喜びとをもつて服従出来た時に、はじめてその人は新しい伝統の

形を創り得るのであります。（「伝統」〔昭和十六年〕、第七巻P234）

彫刻家が大理石という制約の中から新たな彫像を創造する。あるいは、音楽家が模倣を徹底したところから独創的な音楽を創造する。自己と環境の相互作用の中から精神の自由《フリーダム》が生み出したもの、それが「伝統」なのである。

西洋文学の影響が避け難い制約となったのならば、西洋文学の型をむしろ徹底的に模倣する。その徹底的な模倣の先で型を破り、新たな創造がなされたならば、その新たな創造こそが「伝統」となるはずである。だから、文学の故郷喪失を嘆くことはない。むしろ、伝統を発見する好機とみなすべきである。これは、開き直りなどではない。福沢諭吉の言う「私立」の宣言なのである。「歴史はいつも否応なく伝統を壊す様に働く。個人はつねに否応なく伝統のほんたうの発見に近づくやうに成熟する」（「故郷を失つた文学」〔昭和八年〕、第三巻P37）。

小林は、「伝統」は、「習慣」とは別物だと強調した。環境制約に従うのは「習慣」ではあるが、それだけでは「伝統」ではない。「伝統」は、個人の主観が環境という客観と一致する経験をした時に、意識されるものである。「無自覚で怠惰でゐる時、習慣の力は最大であるが、伝統の力が最大となるのは、伝統を回復しようとする僕等の努力と自覚においてである。／習慣はわざわざ見付け出して、信ずるといふ様な必要は少しもないものだが、伝統は、見付け出して信じてはじめて現れるものだ」（「伝統について」〔昭和十六年〕、第七巻P235）。

小林がドストエフスキーを論じる際に使った、「実際」と「現実」の区分に従えば、「習慣」は「実際」に、「伝統」は「現実」に対応していると言えるであろう。かつて小林が、正宗白鳥との論争において、思想は実生活や風俗習慣を超越するものだと執拗に主張したのも、実生活や習慣を超越することが「自由《フリーダム》」であり「伝統」の発見であると考えていたからであろう。

■小林秀雄の政治学

文学は、「実際」の生活から出発しつつも、「実際」を超えて「現実」をとらえようとする。これに対して、政治は、あくまで「『治国安民』の術」「私達の衣食住の管理や合理化に関する実務と技術との道」なのであって、社会生活の「実際」の世界にとどまるべきである。

人間は、集団を形成し、集団で行動しなければならない社会的存在であるが、同時に、各人に固有の情や思想を抱く個人でもある。したがって、人間というものは、社会と個人の両面をもつ存在となる。

政治は、もっぱら社会の側面をつかさどる営為である。しかし、思想は、あくまで個人が創造するものである。そして、個人から発する固有の思想は、社会の領域を超えていく。社会の領域に属する政治には、本来、思想を創造することができない。それにもかかわらず、政治が思想に手を出すこととなると、思想は、思想に必須の自発性を失い、社会の領域に閉じ込められ、社会の「実際」を超えて「現実」をつかむ自由を失う。そういう政治化された思想が、イデオロギーである。

政治が思想に関与すると、思想はイデオロギーと化して死滅する。小林は、思想の領域の人であるから、「政治といふものは虫が好かない」のも当然であった。政治は、思想という個人の領域には踏み込まず、本来の社会生活の領域にとどまって、「私達の衣食住の管理や合理化に関する実務と技術との道」「『治国安民』の術」に徹するべきである。そして、制度や習慣に規定された社会生活の「実際」を研究するのが社会科学だということになる。

ただし、「治国安民」は、容易な「術」ではない。なぜなら、社会は不確実に変動する動態的なものであるのに対して、実際の社会生活を規定する制度や習慣はより固定的・硬直的であり、また人間の思考も固定観念や既存の理論に支配されがちだからである。このため、時代の転換期における未知の新しい事態に対応することができなくなる。これが非常時であり、危機である。

したがって、政治は、「治国安民」を達成しようとするならば、社会の変動に応じて、臨機応変に処することができなければならない。臨機応変とは、目の前にある危機的状況の新しさや固有性を見極め、それを克服して秩序を取り戻す新たな理論を創造するということである。

本来であれば、政治は、「実際」の領域にとどまるべきものであろう。しかし、それを許さないのが非常時である。生活の実務と技術であるべき「政治」といえども、危機においては、「実際」を超えて、あるがままの「現実」へと参入すべく、創造性を発揮しなければならない。そうしなければ、「治国安民」はかなわないからだ。

ということは、危機における政治は、文学と同様に、「実際」を超克して「現実」と一致しようとする個人の創造行為でなければなるまい。小林が、はっきりそう言ったわけではない。しかし、彼が政治について語ったところから察すれば、そういうことになるはずである。そして、この危機と格闘する個人の創造行為、すなわち自由《フリーダム》によって、日本の伝統は発見されてきたのであり、そういう伝統の姿こそが、日本の歴史的個性である。小林は、そう言っている。言っただけではなく、自らも危機の時代を生きて実践してきたのである、自由《フリーダム》を。

同じことを何度言っても言い足りないような気もするが、もうこのあたりで、筆を擱《お》くこととしたい。私は小林秀雄の作品に「搦手から」入ったつもりであった。しかし、こうして終わってみると、「小林秀雄の政治学」は、初めから正面にあったように思われてくる。

あとがき

これまで本を書くときは、出版社からの依頼を受けてから書き始めるのが通例だったが、本書ばかりは特別で、書いてみなければ分からないという気持ちがいつにも増して強かったので、原稿を一通り書き終えた後で、それを出版社に持ち込むことにした。せっかく出すならば小林秀雄とゆかりの深い文藝春秋がいいと思い、同社専務の飯窪成幸氏に相談したところ、文春新書編集長の前島篤志氏をご紹介くださり、刊行に至ったという次第である。

そういう経緯を振り返りながら思い出したのだが、小林秀雄は、次のように語っていた。

> 文章といふものは、先づ形のない或る考へがあり、それを写す、上手にせよ、下手にせよ、ともかく、それを文字に現すものだ、さういふ考へ方から逃れるのは、なかなか難かしいものです、そのくらゐな事は誰でも考へてゐる、たゞ文士といふのは口が達者なだけだ、といふのが世人普通の考へ方であります。併し文学者が文章といふものを大切にするといふ意味は、考へる事と書く事との間に何んの区別もないと信ずる、さういふ意味なのであります。拙く書くとは即ち拙く考へる事である。拙く書けてはじめて拙く考へてゐた事がはつきりす

ると言つただけでは足らぬ。書かなければ何も解らぬから書くのである。文学は創造であると言はれますが、それは解らぬから書くといふ意味である。予め解つてゐたら創り出すといふ事は意味をなさぬではないか。（「文学と自分」〔昭和十五年〕、第七巻Ｐ145）

さらに、小林は、こう続けている。

彫刻家は、自分の思想を大理石に託して表現するのではない。わけも分からないままに、堅い大理石の塊に向かって鑿《のみ》を振うという行為を行っていくうちに、自分の思想を発見していくのだと（「文学と自分」〔昭和十五年〕、第七巻Ｐ145―146）。

本書も、あらかじめ頭の中にあった自分の思想を小林秀雄の作品に託したというようなものではない。小林秀雄の解釈を書いているうちに、彼の政治学が姿を現したのである。それは、ただ小林を読むだけではなく、こうして解釈を書いてみなければ、到底、知り得なかったはずのものであった。ところが、書いたものを自分で読み返してみると、初めから分かっていたような気もしてくるのだから、面白いものである。

正直に言えば、小林秀雄の作品、特に初期のものには、文学的な素養に乏しい私にとっては、彫刻家にとっての大理石のような堅さがあり、削るのに難儀することもあった。しかし、苦労の末にようやく「小林秀雄の政治学」を彫り出してみると、それは、不思議なことに、私が求めていた政治学そのものでもあったのである。

小林が繰り返し語った「自由《フリーダム》」とは、そういう経験のことなのであろう。

二〇二一年二月　コロナ禍という「新しい事態」の中で　中野剛志

中野剛志（なかの　たけし）

1971年、神奈川県生まれ。1996年、東京大学教養学部（国際関係論）卒業後、通商産業省（現・経済産業省）に入省。2000年よりエディンバラ大学大学院に留学し、政治思想を専攻。2001年に同大学院より優等修士号、2005年に博士号を取得。2003年、論文‘Theorising Economic Nationalism’（*Nations and Nationalism*）でNations and Nationalism Prizeを受賞。主な著書に、山本七平賞奨励賞を受賞した『日本思想史新論』（ちくま新書）、『国力論』（以文社）、『TPP亡国論』（集英社新書）、『富国と強兵』（東洋経済新報社）などがある。

文春新書

1306

小《こ》林《ばやし》秀《ひで》雄《お》の政《せい》治《じ》学《がく》

2021年3月20日　第1刷発行

著　者　中野剛志
発行者　大松芳男
発行所　株式会社　文藝春秋

〒102-8008　東京都千代田区紀尾井町3-23
電話（03）3265-1211（代表）

印刷所　大日本印刷
製本所　大口製本

定価はカバーに表示してあります。
万一、落丁・乱丁の場合は小社製作部宛お送り下さい。
送料小社負担でお取替え致します。

ISBN978-4-16-661306-9

文春新書のロングセラー

樹木希林
一切なりゆき
樹木希林のことば

二〇一八年、惜しくも世を去った名女優が語り尽くした生と死、家族、女と男……。ユーモアと洞察に満ちた希林流生き方のエッセンス

1194

中野信子
サイコパス

クールに犯罪を遂行し、しかも罪悪感はゼロ。そんな「あの人」の脳には隠された秘密があった。最新の脳科学が解き明かす禁断の事実

1094

橘　玲
女と男　なぜわかりあえないのか

単純な男性脳では、複雑すぎる女性脳は理解できない！「週刊文春」の人気連載「臆病者のための楽しい人生１００年計画」を新書化

1265

ジャレド・ダイアモンド　ポール・クルーグマン　リンダ・グラットンほか
コロナ後の世界

新型コロナウイルスは、人類の未来をどう変えるのか？　世界が誇る知識人六名に緊急インタビュー。二〇二〇年代の羅針盤を提示する

1271

立花　隆
知の旅は終わらない
僕が３万冊を読み１００冊を書いて考えてきたこと

立花隆は巨大な山だ。政治、科学、歴史、音楽……、万夫不当の仕事の山と、その人生を初めて語った。氏を衝き動かしたものは何なのか

1247